권순찬과 착한 사람들

권순찬과 착한 사람들
Kwon Sun-chan and Nice People

이기호 | 스텔라 김 옮김
Written by Lee Ki-ho
Translated by Stella Kim

ASIA
PUBLISHERS

Contents

권순찬과 착한 사람들
Kwon Sun-chan and Nice People

내가 그 이상한 남자를 처음 만난 것은 지난해 여름, 그러니까 마른장마가 이 주 이상 계속되고 있던 7월 초순의 목요일 자정 무렵이었다.

장마 따위는 다 죽어버리라지.
나는 그날 밤도 살고 있던 아파트 단지 정문 옆 작은 호프집에 앉아 괜스레 혼잣말을 내뱉었다가 또 버릇처럼 머리카락을 쓸어올렸다가 하면서 소주 탄 생맥주를 야금야금 마셔대고 있었다. 호프집 창문 밖으론 사우나 불빛을 닮은 가로등이 하나 서 있었고, 비어 있는 공중전화 부스와 어둠에 잠겨 있는 도로 건너편 야산도 한눈

It was last summer, around midnight on a Thursday at the beginning of July, when the dry rainy season had been dragging on for over two weeks. That was when I first encountered that strange man.

All this rainy season should go to hell.

That night, as usual, I was sitting in a small pub near the entrance of the apartment complex where I lived, muttering to myself, for no particular reason, or combing my hand through my hair out of habit. I was taking sips of draft beer mixed with soju. A dimly lit lamppost, which shone dimly like a light in a sauna, stood outside the pub, and only an

에 들어왔다. 거리엔 지나다니는 사람 한 명 보이질 않았고, 테이블 네 개가 전부인 호프집엔 사십대 중반의 여주인과 나, 그렇게 단둘뿐이었다. 벽에 매달린 선풍기가 파닥거리며 내 쪽으로 고개를 돌릴 때마다 머리는 점점 더 아래쪽으로 수그러졌고, 얼굴은 불쾌하게 변해갔다.

그즈음 나는 알 수 없는 무력증에 빠져 일 년 넘게 소설 한 편, 에세이 한 편 쓰지 못하고 있는 처지였다. 그건 나로서는 생경한 경험이었는데, 이상하게도 화난 사람처럼 자꾸 주먹을 움켜쥐었고, 혼자 있을 땐 책상 귀퉁이나 의자 손잡이를 주먹으로 툭툭 내리쳤으며, 그러다보면 실제로 화가 났다. 나는 내가 왜 화가 나는지도 알 수 없었고, 그래서 화가 난 것을 주위 사람들에게 들키지 않으려고 자주 숨을 길게 들이마신 후 그대로 멈춰 있는 일을 반복했다. 그렇게 하루를 지내다가 집으로 돌아오면 온몸에서 열이 오르고 팔꿈치와 종아리가 아팠다. 그 상태에서 또 무언가 써보겠다고 한글 파일을 열면 깜빡이는 커서가 화면 아래로, 모니터 밖 방바닥으로 뚝뚝, 떨어지는 것만 같은 착시가 일었다. 나는 관절이 꺾인 나무인형처럼 의자에 널브러져 있다가 그

empty phone booth and a small hill across the road decorated the streets. I didn't spot anyone roaming the streets, and it was just the 40-something pub owner and me in that tiny pub with four tables. Every time the fan on the wall whirred its blades and turned toward me, my head fell lower and lower, and my face turned ruddier and ruddier.

Around that time, I was steeped in some kind of lethargy, feeling helpless, and I had not been able to write a short story or an essay for over a year. It was a new experience for me. Oddly enough, I kept on clenching my fists as if I were angry; I would slam my fists on the corner of my desk or arm of a chair when I was alone. And when I did this, I really did become angry. I didn't know why I was angry, so to hide my anger from other people, I repeated taking a deep breath and holding it for a while.

On days I spent the whole time doing that, I came home with my whole body feeling hot, and a pain in my elbows and calves. When I opened a new file in that condition and tried to write something, I saw optical illusions of the blinking cursor dripping down from the monitor and onto the floor. Then I would sit on the chair like a puppet with its joints all bent out of shape and fall asleep.

대로 잠이 들곤 했다.

　딱 한 번 화를 내는 것을 남에게 들켜버린 적이 있긴 있었다. 나는 팔 년째 G시에 있는 한 대학교에서 선생으로 일하고 있었다. 칠 년째 되는 해엔 동기 교수들과 함께 부교수로 승진을 했고, 학과 강의 말고도 학교 내 이런저런 위원회와 TF팀, 교수협의회와 학생상담센터 운영위원 같은 일도 함께 하고 있었다. 그건 뭐 내 또래 교수들이라면 대다수가 엇비슷하게 맡고 있는 일들이어서 별다른 불만은 없었다. 내가 지금 뭘 하고 있는 거지, 생각하면서도 엑셀 파일에 최근 삼 년간 도서 구입비 증감 현황이나 전임교원 강의 담당비율 같은 것들을 표로 작성했다. 그렇게 한참 동안 엑셀에 숫자를 기입하다보면 내가 지금 뭘 하고 있는 거지, 따위의 생각들은 잊을 수 있었다. 온전히 숫자에 몰입할 수 있었다.

　회의가 많다보니 그만큼 회식도 잦았는데, 그날이 그랬다. 교육부에서 시행하는 무슨무슨 사업에 신청서를 내기 위해서 회의와 서류 검토가 방학 내내 이어지던 시기였다. 도시락을 먹으면서 밤 열시까지 회의를 하고 나서려던 순간, 교무부처장이 내 팔을 슬쩍 잡았다. 이선생, 한잔하고 가야지? 집에 가면 누가 있다고? 나는

Only once, I got caught losing my temper with someone. For eight years, I'd been teaching at a university in G City. In my seventh year, I was promoted to an assistant professor, along with some of my colleagues. Besides teaching classes, I was also involved in different committees, task-force teams, and councils at the time. Since most professors my age were managing the same load, more or less, I didn't have much to complain about. Wondering, *What the hell am I doing?* I created tables in Excel and recorded the increased expenditures for books over the past three years or calculated the ratio of classes taught by full-time faculty members. When I sat and entered the numbers in Excel files for a long time, I was able to forget thoughts like *What the hell am I doing?* I was able to focus solely on numbers.

Since there were a lot of meetings I had to attend, there were as many get-togethers to attend after the meetings. The day I lost temper was one of those days. Although the school was closed for vacation, there were strings of meetings and reviewing of documents to apply for some project sponsored by the Ministry of Education. After a long meeting, which only came to an end at ten p.m. with takeout food for dinner, I was about to

순순히 교무부처장에게 고개를 끄덕여주었다. 나 말고도 젊은 교수 두 명이 더 교무부처장의 일행이 되었는데, 학교 근처 꼬치어묵집 앞에서 문제가 생겼다. 여기로 가지. 교무부처장이 다시 내 오른팔을 슬쩍 잡아당기며 말했다. 그 순간 내가 왜 그랬을까? 나는 그 자리에 우뚝 멈춰 선 채 교무부처장에게 잡힌 내 팔꿈치를 내려다보았다. 이렇게 잡아당기지 좀 마요. 내 목소리는 낮았고, 날이 서 있었다. 교무부처장과 다른 교수들이 어리둥절한 얼굴로 나를 바라보았다. 나는 멈추고 싶었으나, 그게 잘 되지 않았다. 이렇게 사람 좀 잡아당기지 말라고! 말로 하면 되지 왜 이렇게 잡아당겨! 나는 교무부처장의 팔을 뿌리치고 성큼성큼 도로에 정차해 있던 택시를 잡아탔다. 택시 룸미러를 통해 굳은 듯 그대로 서 있는 교무부처장과 다른 교수들의 모습이 보였으나, 나는 택시를 멈추지 않았다. 주먹을 쥔 채, 택시 시트를 반복적으로 툭툭 내리쳤을 뿐이었다. 그리고 집으로 돌아와 또다시 관절 꺾인 인형처럼 의자에 앉아 있다가…… 나는 교무부처장에게 미안하다고, 몸이 좋지 않아서 신경이 날카로워진 거 같다고, 죄송하다고, 문자를 보냈다. 교무부처장은 바로 답 문자를 보내왔

head out when the vice director of academic affairs took hold of my arm.

Professor Lee, let's grab a drink. You don't have anyone waiting at home, right? Obediently, I nodded at him. Besides me, two other young professors accompanied the vice director of academic affairs. The problem arose in front of the fishcake skewer restaurant near the school.

Let's go here, said the vice director, tugging at my right arm once again. Why did I do that at that moment? I halted right then and looked down at my elbow that the vice director had grabbed.

Stop pulling me like that.

My voice was low and edgy. The vice director and the other two professors looked at me, befuddled. I wanted to stop, but I couldn't stop myself.

Stop pulling people around like this! Why can't you just say something? Why do you have to pull my arm?

I jerked my arm lose from his grasp and got into a cab that was standing by the curb. Through the rear-view mirror, I could see the vice director and the other professors standing frozen in place, but I didn't stop the cab. I only clenched my fists and kept on slamming them down on the seat. I came home and sat in my chair like a drooping

다. 이선생, 글 쓰는 사람이라는 걸 내가 잠깐 잊었네요.
난, 다 이해합니다. 그럴 수도 있지요. 신경 쓰지 마세요.

G시에서 내가 살고 있는 곳은 학교에서 차로 이십 분
정도 떨어진, 지은 지 이십오 년이 넘은 국도변 아파트
였다. 큰방과 작은방이 있고 거실은 없는, 전 세대 동일
하게 십삼 평형으로 지어진 복도식 아파트였다. 시 경
계 지역에 있고, 버스도 한 시간에 한 대꼴로 다니고, 변
변한 교육 시설이나 상업 시설이 없어 아파트 시세는
다른 곳에 비해 놀랄 만큼 쌌지만, 전체 백오십 세대 중
비어 있는 곳이 삼십 세대가 넘는다는 말을 듣기도 했
다. 실제로 아파트 정문 옆 단층짜리 작은 상가를 제외
하곤 주변에 다른 건물은 없었다. 작은 상가 건너편은
야산이었고, 야산을 지나면 비닐하우스 단지와 공장단
지가 나왔다. 아파트 사는 사람들 가운데 노인 수가 압
도적으로 많았으며, 주차장에는 주로 낡은 트럭이나 택
시, 오토바이 등이 세워져 있었다.

나는 그 아파트에 혼자 세 들어 살았다. 아내와 아이
들은 서울에 살았다. 처음 G시로 내려올 때부터 그랬으
니 어느새 팔 년이 흐른 것이었다. 이 주나 삼 주에 한

doll...before finally sending a text message to the vice director, apologizing, explaining that I must have snapped because I wasn't feeling well, and once again saying that I'm sorry. The vice director sent me a reply right away. *Prof. Lee, I had forgotten that you're a writer. I understand. Sometimes it happens. So don't worry.*

My apartment in G City was part of an over-25-year-old apartment complex by a local road, about 20 minutes from the school. It was a complex of corridor-style apartment buildings with the same 460-square-foot apartments, each with a small room, a bigger room, and no living room. It was located on the outskirts of the city. Buses came and went once an hour, and there weren't many educational or commercial facilities around, so the rent was vastly cheaper than other places. But people also said that more than 30 out of the 150 apartments in the complex were empty. In fact, there were no other buildings around the apartment complex except for a one-story commercial building. There was a hill across from the building, and beyond the hill were a greenhouse complex and an industrial complex. An overwhelming number of residents in the apartment complex were

번꼴로 서울로 올라가 아내와 아이들을 만나고 프랜차이즈 뷔페 음식점이나 대게 전문점에서 외식을 하는 것, 그러다가 다시 일요일 오후에 아내가 싸준 밑반찬이나 속옷, 비타민 등을 챙겨 G시의 낡고 가난한 아파트로 돌아오는 것, 알 수 없는 무력증에 빠진 이후에도 나는 꼬박꼬박 그 일을 거르지 않았다. G시에서 서울로 올라가는 고속버스 안에서는 애꿎은 가족에게 화를 내지 말자고 계속 혼잣말을 했고, 다시 G시로 돌아오는 고속버스 안에서는 애꿎은 가족을 향해 속엣말로 마구 화를 냈다. 주먹으로 버스 좌석 손잡이를 툭툭 내리치면서까지 화를 냈다.

나는 왜 자꾸 애꿎은 사람들에게 화를 내는가? 나는 왜 자꾸 애꿎은 사람들에게 화를 내려 하는가? G시의 작은 아파트 책상 앞에 앉아 나는 자주 그런 생각을 했고, 그러다가 아파트 정문 옆 작은 상가에 있는 호프집으로 나가 술을 마시는 날들이 늘어갔다. 호프집 여주인은 내가 갈 때마다 말하지 않아도 오백 시시 생맥주 한 잔과 소주 한 병을 내왔고, 거기에 다시 천 시시짜리 빈 맥주잔을 내주었다. 나는 천 시시짜리 빈 맥주잔에 맥주와 소주를 섞어 마셨다. 혼자 그걸 다 마시고 나면

senior citizens, and old trucks, taxis, and motorcy-
cles were usually parked in the parking lot.

I lived in the apartment by myself. My wife and
children were in Seoul. Since that living arrange-
ment had begun when I first moved to G City, it
had already been eight years. Once every two or
three weeks, I went to Seoul to see my wife and
children, ate out at a buffet or a franchise restau-
rant, then returned to the old, decrepit apartment
in G City on Sunday afternoons with a bagful of
side dishes, underwear, or vitamins my wife had
packed for me. Even after I was swallowed up in
an unknown lethargy, I never skipped the visit. On
the way from G City to Seoul, I repeatedly told my-
self not to vent my anger on my innocent family,
and on the way back to G City, I vented my anger
inwardly at my innocent family. I vented quietly,
banging my fist on the arm of my seat on the ex-
press bus.

*Why do I keep getting angry at innocent people? Why
do I keep wanting to get angry at innocent people?* I of-
ten thought, sitting at my desk in the small apart-
ment in G City. Afterwards I would go to a small
pub in the commercial building right next to the
main entrance of the apartment complex to grab a
drink.

적당한 취기가 올랐고, 그러면 아무에게도 화를 내지 않은 상태에서, 한글 파일을 열지 않은 상태로, 잠이 들 수 있었다. 그러니까 내가 그 이상한 남자를 만난 것은 바로 그런 나날 중 하루였던 것이다.

몸을 조금 비틀거리면서 화장실을 다녀오니 호프집 창가 바로 앞 테이블에 못 보던 남자 한 명이 앉아 있었다. 팔 년째 살고 있는 덕분인지 몰라도 나는 아파트에 거주하고 있는 대부분의 사람을 알고 있었다. 이름이나 직업까진 몰라도 얼굴은 모두 눈에 익었다. 나는 그 호프집에서 전직 구청 공무원인 육십대중반의 입주민 대표와도 술을 마신 적이 있었고, 관리소장과 경비 용역 업체 사장과도 눈인사를 나눈 적이 있었다. 호프집 오른편 '참좋은 마트' 사장과는 비치파라솔 아래에 앉아 담배를 나눠 피운 적이 있었고, 딸기 비닐하우스 단지에서 일하는 402호 남자와는 호프집 왼편 '란 헤어센스'에서 함께 머리를 자른 적이 있었다. 그들은 하나같이 내게 친절했고, 무리한 부탁을 한 적이 없었으며, 모두 나를 '교수님'이라고 불러주었다.

그러니까 그 남자는 아파트 입주민이 아닌 것이 확실

Such days came more and more frequently. Whenever I walked into the pub, the lady owner of the pub just gave me a 16-ounce mug of draft beer, a bottle of soju, and an empty 33-ounce beer mug. I didn't have to order anything. In the empty beer mug, I mixed beer and soju. When I downed the whole thing, I felt adequately tipsy, and I was able to go to bed without getting angry at anyone, and without opening a Word file. The day I met that strange man had been one of those days.

When I got back from the restroom, staggering a bit, there was a man I'd never seen before was sitting at the table next to the window of the pub. Probably because I'd been living in the same apartment for eight years, I knew most of the people who lived in the complex. I didn't know everyone's name or occupation, but I knew all of their faces. At this pub, I had had a drink with the apartment residents' representative, a man in his mid-60s who had worked at the district office, and I'd exchanged nods with the apartment maintenance director and the president of the company that supplied security personnel to the apartment complex. I'd smoked a cigarette with the owner of the Very Good Mart located to the right of the pub, while sitting under a

했다. 나는 자리에 앉으면서 호프집 여주인을 향해 입 모양만으로 '누구?'라고 물었지만, 그녀는 어깨를 짧게 한 번 으쓱하고 말았을 뿐이다. 나는 다시 맥주잔에 담긴 술을 마시면서 남자의 뒷모습과, 창가에 비친 남자의 얼굴을 간간이 훔쳐보았다. 파마를 한 것인지 원래 곱슬머리인지 알 수 없는 부스스한 머리칼과 툭 불거져 나온 광대뼈, 거기에 계절에 맞지 않는 검은색 양복까지. 머리가 유달리 커 보인다고 생각했지만, 자세히 보니 그건 어깨가 지나치게 좁고 굽은 탓이었다. 호프집 조명 때문인지 취기 때문인지 몰라도, 내게 등을 보인 채 조용히 생맥주를 마시고 있는 남자는 그냥 좀 흐릿해 보였다. 이런 표현을 쓰긴 뭐하지만…… 남자를 보며 당시 내 머릿속에 떠오른 이미지는 '먼지 뭉치'였다. 오랫동안 청소를 하지 않아 방구석에 머리카락과 함께 둥글게 부풀어오른 '먼지 뭉치'. 실이라도 뽑아낼 수 있을 것만 같은 '먼지 뭉치'. 나는 그게 좀 이상했다. 왜 사람이 사람으로 보이지 않고 유리창에 덧댄 패널처럼, 힘없이 흩날리는 눈송이처럼 보이는 걸까? 저 남자의 무엇이 그런 것들을 떠올리게 만드는 것일까?

그러거나 말거나 나는 다시 고개를 숙인 채 남은 술

beach umbrella table, and I'd cut my hair next to the man from apartment 402, who worked at the strawberry greenhouse complex, at Ran Hair Sense on the left side of the pub. They were all nice to me, never asked me to do anything difficult, and called me "professor."

I was sure the man was not a resident of our apartment complex. Who is he? I quietly mouthed to the owner of the pub, as I sat down, but she only shrugged. As I took sips of beer, I stole glances at the back of the man and the reflection of his face in the window. His hair was disheveled, which made it hard to tell whether he had had a perm or his hair was naturally wavy, and he had protruding cheekbones. On top of that, he had on a black suit that wasn't suitable for the season. I thought his head seemed too big, but upon close examination, I realized it was because his shoulders were extremely narrow and bent. Possibly because of the lights in the pub, the man, who was sitting with his back to me and drinking a draft beer, seemed a bit blurry. I feel bad about saying this, but the image that came to mind when I looked at him that day was a "ball of dust." A puffed up "ball of dust" mixed with hair, lodged in a corner of a room that had not been cleaned in a while. A "ball of dust"

을 다 마셨고, 얼마 지나지 않아 계산을 마치고 호프집 밖으로 빠져나왔다. 잠깐, 호프집 여주인이 걱정되었지만, 별 위험은 없어 보였다. 카드 전표에 사인을 하면서 또 한번 슬쩍 바라본 남자의 얼굴은 왠지 겁을 잔뜩 집어먹은 듯한 표정이었다. 무언가, 어떤 대상을 겁내는 것이 아닌, 아예 그 상태 자체가 표정이 되어버린 듯한 얼굴. 그래서였는지 몰라도 나는 호프집 밖으로 나오는 순간 쉽게 그 남자를 잊었고, 그 남자 발치에 놓여 있던 커다란 여행용 배낭 또한 미처 보지 못했다. 그리고 후에 내가 그 남자의 멱살을 잡고 흔들면서 화를 내게 될 것이라는 사실 또한 전혀 예상하지 못했다. 하긴, 내가 그걸 어찌 예상할 수 있단 말인가. 흩날리는 눈송이를 손아귀에 움켜쥔 채 화를 내게 될지, 그 누가 예상할 수 있단 말인가.

그것이 나와 권순찬씨의 첫 만남이었다.

*

다음날 오전, 나는 차를 몰고 출근을 하다가 다시 그

from which you could even extract a thread. It was a strange experience for me. Why didn't he look like a person to me, but rather a panel covering a window or snowflakes meekly fluttering in the air? What about him made me think of such images?

Regardless, I lowered my head and drank up all the alcohol. Shortly afterwards, I paid the bill and began to walk out of the pub. For a second, I was worried about the lady owner of the pub, but the man hadn't looked particularly dangerous. As I signed the receipt, I stole another glance at the man. The look on his face seemed to express fear. It didn't necessarily express fear of something or someone, but rather a state of mind that seemed to have hardened as an expression. Maybe that was why I forgot about him within seconds of walking out of the pub, and hadn't noticed the huge back-pack at his feet. And I never expected that I would later lose my temper at him, seizing him by the collar and shaking him. Grabbing fluttering snow-flakes in my hands and losing my temper. Who would've expected such a thing to happen?

That was my first encounter with Mr. Kwon Sun-chan.

남자를 만났다. 단지 정문 출입구 옆 버스 정류장에 나와 있는 사람들이 일제히 도로 건너편 야산이 시작되는 철조망 부근 쪽으로 몸을 돌린 채 서 있는 것이 보였다. 정문 경비도 밖으로 나와 팔짱을 낀 채 그쪽을 향해 돌아서 있었다. 뭐지? 나는 차 속도를 천천히 줄이면서 유리창을 내렸다. 후끈한 7월의 공기가 차 안으로 훅 밀려들어왔다. 공장단지에서 나는 비릿한 사료 냄새도 함께 섞여들어왔다.

거기, 야산이 시작되는 버려진 땅 앞에서는 소나무가 두 그루 있었는데, 그 나무들을 기둥 삼아 파란 천막이 지붕처럼 펼쳐져 있었다. 그리고 그 아래 한 남자가 돗자리를 편 채 가만히 앉아 있었다. 남자는 대자보 두 장을 합판에 붙여 들고 있었는데, 한 장은 글씨가 너무 작아 잘 보이지 않았지만, 나머지 한 장은 똑똑히 읽을 수가 있었다.

103동 502호 김석만씨는 내가 입금한 돈 칠백만 원을 돌려주시오!

붉은색 매직펜으로 큼지막하게 쓴 그 글씨들을 읽고

The next morning, I saw him again as I was driving to work. The people standing at the bus station next to the entrance of the apartment complex were all facing the fences on the other side of the road, where the hill began. Even the gate guard was outside, facing the same direction with his arms crossed. *What is it?* I slowed down gradually and rolled down my window. It was July, and the hot and humid air rushed into the car, along with the fishy smell of animal feed that seemed to have travelled all the way here from the industrial complex. There, in the abandoned space where the hill began, were two pine trees. A blue canopy hung from the trees, which stood like pillars. And underneath, a man was sitting still on a mat. He was holding two huge posters stapled onto plywood panels. The writing on one of them was too small for me to make out, but I was able to read the other poster clearly:

Mr. Kim Seok-man from Apartment Building 103, Number 502 should give me back my seven thousand dollars!

After reading those big words, written with a red

나는 남자의 얼굴을 다시 한번 바라보았다. 분명, 어젯밤 호프집에서 만난 그 남자가 맞았다. 부스스한 머리칼도, 검은색 양복도 그대로였다. 남자는 사람들을 향해 대자보를 높이 쳐들지도 않았고, 아파트 쪽도 쳐다보지 않은 채, 그저 가만히 고개를 숙인 채 앉아만 있었다. 돗자리가 끝나는 부분엔 남자의 것으로 보이는 감색 운동화 한 켤레가 가지런히 놓여 있었다.

나는 창문을 올리고 다시 차를 움직였다. 정문 경비가 내 차를 보자 인사를 했고, 나도 꾸벅 고개를 숙였다. 망신을 주려고 온 사람이었구나. 나는 핸들을 돌리면서 그렇게 생각했다. 뭐야, 그럼 어젯밤부터 저기에 저러고 있었다는 건가? 502호? 502호에 누가 살지? 저런다고 소용이 있을까? 직접 찾아가서 담판을 내야지. 나는 속도를 높이면서 그런 생각들을 하다가 이내 다시 그날 작성해야 할 서류들과 학과 취업률 따위들을 떠올렸다. 칠백만 원이든 천칠백만 원이든 남과 남 사이에 벌어진 일이었다. 내가 참견할 만한 일도, 참견할 수도 없는 일이었다. 그저 누군지 모를 사람의 망신을 한 번 보았을 뿐, 저러다가 금세 말겠지. 나는 그렇게 생각했다. 나는 학교에 도착한 후 인터넷으로, 죽은 아이의 아빠가 단

marker, I looked at the man's face again. It was definitely the man I had seen at the pub the night before. His hair was still disheveled, and he had on the same black suit. The man didn't hold the posters up high for people to read. He didn't even look toward the apartment complex; rather, he sat still, his head hanging low. On the edge of the mat, a pair of black sneakers, which seemed to belong to the man, sat in order.

I rolled up the window and resumed driving. Seeing my car, the gate guard at the main entrance of the apartment complex nodded at me in greeting, and I gave him a quick nod back. *So, he's here to humiliate someone,* I thought as I swerved the handle. *Wait, so then has he been sitting there like that since last night? 502? Who lives in 502? Even if he does that, would it actually work? He should just go find the person and settle the matter.* I thought about these things as I stepped on the gas, but then soon remembered the documents I had to file and the employment rate of recent graduates from my department, among other things. Whether it was seven thousand or seventy thousand dollars, it was between two people I didn't know. It wasn't something I wanted to or could meddle in. It was just someone's embarrassing act, and I thought, *He'll stop doing that*

식을 시작했다는 기사와, 교육부에서 대학의 구조조정 로드맵을 발표했다는 기사를 차례를 읽었고, 교무처와 인재개발원 팀장들과 길게 통화를 했다. 그러다보니 어느 순간 점심시간이 되었고, 자연스레 아침에 보았던 남자를 잊을 수 있었다.

그러나 저러다가 말겠지, 했던 남자는 내 예상과는 다르게 몇 날 며칠 그 자리에 계속 앉아 있었다. 그사이 파란 천막 모서리에는 커튼처럼 얇은 비닐이 사면으로 매달렸고, 돗자리 위에는 새로 스티로폼 두 장이 깔렸다. 밤이 되면 비닐을 내리고, 스티로폼 위에 침낭을 깔고 자는 모양이었다. 그리고 다시 아침이 되면 비닐을 둘둘 말아올린 후, 합판에 붙인 대자보를 자신의 무릎 앞에 세웠다. 남자는 여전히 말이 없었고, 아파트 단지 안으로 들어오는 일도 없었으며, 아파트로 들어가는 사람들을 붙잡고 말을 거는 일도 없었다. 그는 그저 고요하게 거기에 앉아 있을 뿐이었다.

그 며칠 사이 나는 '참좋은 마트' 사장에게서 남자에 대한 사정을 좀더 자세히 듣게 되었다. 그게요, 사정이

soon. After I arrived at school, I went online and read articles about how the father of a dead kid began a hunger strike and how the Ministry of Education had announced a roadmap for restructuring universities. Then I talked on the phone for a long time with the office of academic affairs and team managers of the Human Resources Development Institute. And soon it was lunchtime, and I simply forgot about the man I had seen in the morning.

Yet, contrary to my expectation that he'd be gone soon, the man stayed in the same spot for several days. Within that time, thin plastic curtains had appeared on the sides of his canopy, and two new Styrofoam panels were laid out on the mat. It seemed that he rolled down the plastic curtains at night and slept in a sleeping bag on the Styrofoam panels. Then in the morning, he rolled up the plastic curtains and placed the posters taped on plywood panels against his knees. The man still didn't say a word. He never stepped inside the apartment complex, and he didn't stop or talk to the people walking into the apartment complex. He only sat there silently.

좀 딱하게 됐더라구요. '참좋은 마트' 사장은 나를 비치 파라솔 의자에 앉힌 후 음료수 한 병을 따주면서 말을 이었다. 저 사람이 어린 시절부터 부모 떠나서 어렵게 지낸 모양인데, 아, 얼마 전까지는 인천에 있는 무슨 세차장에서 일을 했다고 하더라구요. 한데, 저 사람 어머니라는 분이 몇 달 전에 갑자기 찾아와서는 자기가 빚을 졌으니 조금 도와달라고 하면서 계좌번호를 놓고 간 모양이에요. 알고 봤더니 이 사람 어머니라는 분이 사채를 쓴 모양인데…… 추어탕집 주방에서 일했다나 어쨌다나. 뭐 아무튼 거기에서 일하다가 관절염 때문에 그만두고 철없이 사채를 썼나봐요. 처음에 이백만 원을 빌린 게 금세 사백만 원이 되고 육백만 원이 되고 칠백만 원이 된 모양이에요. 그러니 덜컥 겁이 났겠죠. 그래서 할 수 없이 오래전부터 왕래가 없던 아들을 찾아간 모양인데…… 남자도 선뜻 돈을 보내진 못한 모양이에요. 당장 그만한 돈을 마련하기도 어려웠겠지만, 뭐 안 봐도 뻔한 거 아니겠어요. 거 왜 섭섭하고 원망 같은 게 없었겠어요. 딱 봐도 해준 것도 없는 어머니 같은데, 갑자기 찾아와서 도와달라고 하니…… 아무튼 그래도 이 사람이 몇 달 뒤에 그 계좌로 돈을 넣은 모양이에요. 군

Within those several days, I was able to glean more detailed information about the man from the owner of the Very Good Mart.

Well, see, he's in a pretty bad situation.

The owner of the Very Good Mart sat me down in a plastic chair at the beach umbrella table and continued after opening a bottle of soda for me.

He seems to have had a difficult childhood, leaving home at an early age. Oh, and until a few days ago, he said he worked at some car wash place in Incheon. Then his mother came to see him a few months ago, asking for help because she had some debt, and left him a note with a bank account number. So apparently what happened was that his mom borrowed money from a loan shark. She worked in the kitchen at some small loach soup restaurant or something. But, anyway, her arthritis got so bad that she quit and ended up borrowing some money from a loan shark without giving it much thought. Then the two thousand dollars she borrowed doubled pretty quickly, and then became six thousand, and finally seven thousand. She must have gotten scared, you know. So she couldn't help but ask her son, though they've been estranged for a while. But, see, he must not have been able to give her the money right away. I mean, it must've

소리 없이 칠백만 원 전부.

'참좋은 마트' 사장은 그 대목에서 잠시 말을 끊었다. 언제부터인가 '란 헤어센스' 여사장도 우리 옆에 와서 자리를 잡고 앉아 있었다. 매미가 울고, 날파리가 많은 여름 저녁이었다.

한데, 여기서부터가 더 안타까운 얘기인데…… 그 사이에 저 사람 어머니도 그 돈을 갚았다는 거예요. 살고 있던 방 보증금도 빼고 여기저기 아는 사람들한테 조금씩 융통도 하고…… 그리고 그 돈을 갚고 얼마 뒤에 바로 돌아가셨대요. 저 사람이 말은 안 하는데 아마도 스스로 목숨을 놓은 모양인데…… 그러니까 결과적으로 사채업자에게 돈이 두 번 들어간 거죠. 저 사람, 얼마 전 어머니 장례를 뒤늦게 치르고 곧장 여기로 내려온 모양이에요.

그걸 저 남자가 다 얘기했어요?

나는 도로 건너편 남자를 슬쩍 바라보며 '참좋은 마트' 사장에게 물었다.

뭐 대충 그랬다나봐요. 여기 사는 어르신들이 한분 두분 지나다니면서 말을 걸고 말을 들어보니 대강 그런 사연이더래요.

been difficult to get all that money together, but...well, you know how it is...grudge, resentment, that type of thing. It seemed obvious that she hadn't done much for him, yet here she comes, asking for money...But apparently this guy, he wired the money to the account she'd written down on the note a few months later. All seven thousand dollars without a word of complaint.

The owner of Very Good Mart paused there for a second. I hadn't noticed, but the owner of Ran Hair Sense seemed to have been sitting next to us for a while. It was a summer evening with a lot of gnats and singing cicadas.

But, see, this is the sadder part. Apparently his mom had paid off her debt within that time, too. She took out the deposit from the apartment she'd been living in, and borrowed a little from here and there, from people she knew...And she passed away a little while after paying it off. He didn't say, but she seems to have killed herself. So, what happened was, they made two separate payments to that loan shark. So he held a funeral for his mother a few days ago and came here right away.

Did he actually say all that? I asked the owner of the Very Good Mart, stealing a quick glance at the man sitting across the street.

그런데 김석만이 누구지? 502호? 502호에 그런 사람이 살았나?

'란 헤어센스' 여사장이 물었다.

있긴 누가 있어? 우리 아파트에 사채업 하는 사람이 어디 있다고. 왜 거 유모차 할머니 있잖아…… 그 할머니 아들이래. 그 아들이 주소지를 여기로 올려놨나봐.

유모차 할머니라면 나도 얼굴을 알고 있는 할머니였다. 새벽, 신문이 올 시간이면 어김없이 유모차에 의지해 공장단지로 폐지를 주우러 가는 할머니. 눈썹 끝에서부터 귓불까지 검버섯이 피어 있는 할머니. 유모차 없이는 제대로 걷지도 못하는 뚱뚱한 할머니.

아니, 그러면 그 할머니 통해서 연락하면 되잖아? 아무리 사채업자라도 돈이 두 번 들어간 거까지 나 몰라라하진 않을 거 아니야?

'란 헤어센스' 여사장의 말에 '참좋은 마트' 사장이 담배를 꺼내 물으면서 대답했다.

관리소장 말이 할머니도 아들 연락처를 모른대요. 한 사 년 전인가. 설날에 잠깐 얼굴을 비친 이후론 코빼기도 안 보였대요. 뭐, 교도소에 갔다는 말도 있고, 경찰에 쫓기는 중이라는 말도 있고…… 아이고, 그러니까 더

Well, something like that, apparently. Some of the older people who live around here talked to him a few times on their way to and fro, and that was pretty much his story.

So who's Kim Seok-man? 502? Does someone by that name live in 502? asked the owner of Ran Hair Sense.

What are you talking about? No one at our apartment complex is a loan shark. You know that baby stroller lady? It's her son. He must have put down her address as his residence.

I knew the baby stroller lady. An old lady who goes to the industrial complex every day, relying on the stroller, to collect discarded papers in the early morning, at around the time newspapers are delivered. An old lady with age spots covering the sides of her face, from the outer ends of her eyebrows to her earlobes. A fat old lady who couldn't even walk without the stroller.

Wait, so then can't he contact the lady's son through her? He may be a loan shark, but he wouldn't be so heartless to ignore that he'd just been paid twice, right? asked the Ran Hair Sense owner.

Well, according to the apartment maintenance director, she doesn't have a way to contact her son

안타깝다는 거 아니에요. 저 남자도 안됐고, 유모차 할머니도 불쌍하고…… 이 할머니가 저 남자 저러고 있는 뒤부터는 밖으로 나오지도 않아요. 폐지 안 주우면 제대로 살 수도 없는 할머니가……

　나는 '참좋은 마트' 사장 말을 다 들은 후에도 별다른 반응을 보이지 않았다. 담배 필터를 몇 번 툭툭 비치파라솔 탁자 위에 두들기다가 슬그머니 비닐봉지에 담긴 생수와 치약을 들고 집으로 돌아왔다. 집으로 돌아와서는 라면을 끓여먹었고, 신문을 펼쳐놓고 발톱을 깎았으며, 서울에 있는 아이들과 짧게 통화를 하기도 했다. 날이 너무 무더워 에어컨을 켤까 하다가 그냥 샤워를 했다. 샤워를 하면서 나는 남자 생각을 했다. 양복 재킷이라도 좀 벗고 있지. 이제 다 아니까 그거라도 좀 벗고 있지. 나는 머리에 샴푸 거품을 내면서 그렇게 중얼거렸다. 남자는 어머니 대신 칠백만 원을 보내기까지 어떤 시간을 보냈을까? 돈을 보낸 뒤에는 왜 바로 어머니한테 연락을 하지 않았던 것일까? 나는 남자가 돈보다도 자신에게 찾아온 죄책감을 어쩌지 못해 저러고 있는 것이라고, 어쩔 수 없는 것이라고, 저러고 있는 시간을 보낼 수밖에 없는 것이라고 생각했다.

either, answered the owner of the Very Good Mart, drawing a cigarette from his pocket to his lips.

He came to see her for the New Year about four years ago or so, and has never been back since. Some people said he was in jail, and others said he was running from the police...Well, that's why this is just so sad. Feel sorry for him over there, and I really feel bad for the baby stroller lady...I mean, she hasn't even come outside after he started sitting out there like that. She can't get by without collecting discarded papers every day...

Even after I heard the whole story from the owner of the Very Good Mart, I didn't react much to it. I only tapped the cigarette filter on the beach umbrella table a few times, and I quietly picked up the plastic bag with toothpaste and a bottle of water, and came home. Afterwards, I made and had some instant noodles, laid out a newspaper and trimmed my toenails, and had a short phone call with my children in Seoul. It was too hot and humid, so I thought about turning the AC on, but decided to take a shower instead. While I was taking the shower, I thought about that man. *He should at least take off his jacket,* I murmured while shampooing my hair. *Since we know what's going on, he should at least take his jacket off. What did he think about until he wired*

샤워를 마친 후, 나는 다시 한글 파일을 열어놓고 컴퓨터 책상 앞에 앉아 있다가 채 삼십 분도 지나지 않아 슬리퍼를 끌고 느적는적 호프집으로 걸어 나갔다. 남자는 계속 거기에 앉아 있었지만, 나는 가급적 그쪽을 바라보지 않으려고 노력했다. 타닥타닥. '참좋은 마트' 차양 아래 설치해놓은 형광색 해충 퇴치기에서 요란한 소리가 들려왔다. 장마 없는 여름밤은 무덥기만 했다.

*

7월이 다 가고 8월 중순에 이를 때까지도 남자는 계속 그 자리를 지키고 앉아 있었다. 그사이 양복을 벗고 흰 면티와 베이지색 칠부바지로 갈아입었다는 것이 그나마 남자의 달라진 점이라면 달라진 점이었다. 남자는 중간중간 딸기 비닐하우스 단지 근처에 있는 약수터까지 물을 길으러 가기도 했으며, 때가 되면 아파트 단지를 등지고 앉아 휴대용 가스버너로 밥이나 라면을 끓여 먹기도 했다. 그리고 나선 다시 아파트 단지를 향해 대자보 판을 들고 앉아 있었다. 남자의 얼굴은 조금 까무잡잡하게 변했고, 그래서 그런지 광대뼈는 더 도드라져

those seven thousand dollars instead of his mother? Why didn't he contact her right away after he wired the money? I thought the man was sitting out there, not because of the money but because he felt guilty about his mother's death. I thought that he probably couldn't help but spend his time this way for a while.

After I got out of the shower, I sat at the desk and opened a word file. But within half an hour of sitting there, I slipped on my flip-flops and ambled over to the pub. The man was still sitting in the same place, but I tried not to look his way. Crackle, crackle. Loud noises came from the neon bug zapper that the owner of the Very Good Mart installed on the awning of the store. The summer nights without rain were just hot and humid.

*

July passed and it was already the middle of August, yet the man kept his place by the pine trees. One thing that had changed was his attire: he no longer wore his suit, and instead put on a white cotton shirt and a pair of tan capris. A few times throughout the day he walked to the water spring near the strawberry greenhouse complex to draw

보였다.

　광복절 다음날이었던가. 아침에 나가 보니 남자도, 천막도 사라지고 없었다. 그래서 나는 아, 이제 다 끝났구나, 남자도 지쳤구나, 생각했다. 하지만 오후에 담배를 사러 나가다 보니 다시 천막이 쳐져 있고 남자가 앉아 있는 것이 눈에 들어왔다. 저 양반 취직도 했대요. '참좋은 마트' 사장이 턱으로 남자를 가리키며 말했다. 우리 단지에 사는 경비 용역업체 사장이 저쪽 봉선동 아파트 지하 주차장 청소일을 소개시켜주었다나봐요. 월수금 오전에만 일하고 한 달에 오십만 원씩 받는 조건으로. 나는 그래요? 잘됐네요, 라고 짧게 대답했다. 한데, 저 양반 웃긴 게, 출근할 때마다 저 천막 다 걷고 나갔다가 돌아와서 다시 치고 그러는 거 있죠. 이사갔다가 들어오고, 다시 이사갔다가 들어오는 사람처럼. 나는 말없이 고개를 끄덕거려주었다. 스티로폼은요? 그건 갖고 나가기가 힘들 텐데. 그건 저기 경비 아저씨한테 맡기는 모양이에요. 저 아저씨가 김치도 몇 번 갖다주더라구요.

　한번은 호프집에 나갔다가 아파트 입주민 대표와 경

water, and during meal times, he sat with his back to the apartment complex and made rice or instant noodles on a portable gas burner. After he was done with all that, he would sit once again, facing the apartment complex with the posters in front of him. The man's face had become more tanned, and maybe because of that, his cheekbones seemed more pronounced.

I think it was the day after Liberation Day. When I went outside in the morning, the man wasn't there, and neither was the canopy. So I thought, *Ah, it's over. He must have gotten tired of it all.* But when I went out to buy a pack of cigarettes in the afternoon, I noticed that the canopy was up again and the man was sitting underneath it.

Apparently, he got a job, said the owner of the Very Good Mart, pointing to the man with his chin. The president of the apartment security service company who lives in our complex set him up for a job, cleaning the underground parking lot at the apartment complex in Bongseon-dong or something. Five hundred dollars a month for working on Monday, Wednesday, and Friday mornings.

Really? Good for him, I replied curtly.

But you know, it's funny, when he goes to work, he puts the canopy and everything away, and sets

비 용역업체 사장, 관리소장과 함께 앉아 있는 그를 보기도 했다. 사람들은 내가 호프집에 들어서는 것을 보자 인사를 건넸고, 교수님도 이쪽에 같이 앉으시죠, 라고 권하기도 했다. 나는 그들에게 꾸벅 고개를 숙이고 그냥 그들 뒤 테이블에 앉았다. 호프집 여주인은 바로 생맥주와 소주를 내왔다.

권순찬씨, 우리가 다른 뜻 때문에 그러는 건 절대 아니에요. 그러니까 오해하지 말아주었으면 좋겠어요. 여기 있는 사람들 다 같은 마음입니다.

입주민 대표의 굵고 낮은 목소리는 얇은 나무판으로 만든 테이블 칸막이 너머로 선명하게 들려왔다. 그래서 나는 남자의 이름이 권순찬이라는 것을 비로소 알게 되었다.

권순찬씨 사정 딱한 것도 잘 알고요, 뜻도 잘 알겠어요. 한데 여기서 이런다고 해결되는 건 없잖아요?

이미 알고 있겠지만 502호엔 그 사람이 안 살아요. 불쌍한 할머니 한 분만 사시지.

입주민 대표와 경비 용역업체 사장, 관리소장이 돌아가면서 말을 했지만, 남자는 묵묵부답이었다. 호프집 여주인이 무언극 배우처럼 남자 쪽을 가리키며 가슴을

them back up when he comes back. Like he's moving out and moving back in.

I nodded at him without saying anything, then asked, What about the Styrofoam? That'd be difficult to move.

Oh, he asks the old gate guard over there to watch them for him. I saw the old man giving him some *kimchi* a few times.

Once when I went to the pub, I noticed the man sitting there with the apartment residents' representative, the president of the apartment security service company, and the apartment maintenance director. They said hello to me when they saw me coming into the pub and asked me to join them. I just nodded at them in greeting, and sat at the table behind them. The lady owner of the pub brought out draft beer and soju for me right away.

Mr. Kwon Sun-chan, we're not saying this because we have some ulterior motive. So we hope you don't misunderstand us. We all feel the same way, you see.

The deep, low voice of the apartment residents' representative traveled clearly through the thin wooden partition between their table and mine. That's how I finally found out the man's name was

팡팡 치는 시늉을 해서 나는 씨익, 한 번 웃어주었다.

그쪽 관리소장이 권순찬씨 칭찬을 많이 하더라구요. 성실하고 청소도 아주 잘한다고.

권순찬씨 때문에 우리가 불편한 건 전혀 없어요. 권순찬씨가 우리에게 피해를 입히는 건 아무것도 없으니까요. 이건 진짜 순수하게 권순찬씨 개인을 위해서 드리는 말이에요.

입주민 대표는 그러면서 남자에게 자신이 책임지고 김석만이라는 사람이 나타나면 꼭 연락을 주겠다고, 그것도 안심이 안 도면 자신의 연락처를 적어가도 좋다고, 그러니 거기에서 그러지 말고 거처를 구하거나 인천으로 돌아가는 게 어떻겠냐고 말했다.

여기 사는 사람들이 다 형편이 빤하고 어려운데…… 그래도 다 착한 사람들이에요. 저쪽 102동 203호에 혼자 사는 할아버지가 한 분 계신데, 정 그러면 당분간 당신 작은방을 내줄 테니 거기에서 지내도 좋다고, 젊은 사람이라도 한데에서 자면 큰일난다고 꼭 전해달래요. 여기 사는 사람들 다 같은 마음이라니깐요.

나는 더 이상 술을 마시면서 그 자리에 앉아 있으면 안 될 것 같은 기분이 들었다. 그 남자 때문이 아니고 입

Kwon Sun-chan.

We understand your situation, Mr. Kwon, and we understand how you feel. But sitting here like that won't resolve anything, right?

You probably know already, but he doesn't live at 502. Only a poor old lady lives there.

The apartment residents' representative, the president of the apartment security service, and the apartment maintenance director talked to him in turn, but the man remained silent. Looking at me, the lady owner of the pub, pointed toward the man and pretended to beat her chest a few times in frustration like a mime, so I just smiled at her.

The apartment maintenance director at the complex told me a lot of good things about you, Mr. Kwon. Saying how you're diligent and good at cleaning.

We don't feel uncomfortable because of you, at all. You've done no harm to us. Everything we've said so far, we've said out of our genuine concern for your own good, Mr. Kwon.

The apartment residents' representative then promised to contact him if this Kim Seok-man ever showed up.

If you don't believe me, then I'll give you my phone number. So why don't you find a place to

주민 대표나 관리소장, 경비 용역업체 사장 때문에 그
랬다. 지갑을 챙겨 일어서는데 관리소장이 나를 보고
말을 걸었다.

　교수님도 한 말씀 해주시죠.

　나는 어정쩡하게 테이블 앞에 선 채 제가 무슨……
하면서 괜스레 뒷통수를 긁적거렸다. 그 순간 짧게 그
남자, 권순찬이라는 사람과 눈이 마주쳤다. 그는 마치
죄를 지은 사람처럼, 그러나 자신이 지은 죄가 무엇인
지 모르는 사람처럼, 두 눈을 끔벅거리면서 관리소장
옆에 앉아 있었다. 나는 정말 할 말이 없었다. 내 말보다
입주민 대표나 관리소장, 경비 용역업체 사장의 말이
그에게 더 도움이 될 것 같았다. 나 또한 그를 안타깝게
생각하긴 했지만, 그렇다고 아파트의 작은방을 내주거
나 일자리를 알아봐줄 만큼 성의를 갖고 있지는 않았
다. 안타깝지만 성가신 것. 그것이 그때 내 솔직한 마음
이었다. 나는 그들에게 다시 한 번 고개를 숙이곤 호프
집을 빠져나왔다.

*

stay or go back to Incheon, instead of sleeping out there like that?

Everyone who lives here, they're all poor...but they're all nice people. This one gramps, who lives alone at 203 in Building 102, said he has a small spare room, and you can stay there for a while. He made us promise to tell you that even if you're young, you might get sick if you sleep outside. And we all feel the same way.

I felt as if I shouldn't sit there and drink anymore, not because of the man, but because of the apartment residents' representative, the president of the apartment security company, and the apartment maintenance director. So I picked up my wallet and stood up to go, when the apartment maintenance director looked at me and said,

Professor, why don't you tell him what you think?

What can I...I mumbled, standing awkwardly at the table and scratching the back of my head for no physical reason. Within that short moment, my eyes caught that man's—Kwon Sun-chan's—eyes. He was sitting next to the apartment maintenance director, slowly blinking his eyes as if he'd committed a crime, yet didn't know what his crime was. I really didn't have anything to say. I felt that what apartment residents' representative, the president

안 써도 좋고 써도 그만인 그와의 일화 하나를 여기에 적어놓자면…… 2학기가 시작되고 얼마 지나지 않아서인가 권순찬씨와 나, 단둘이서 호프집에 앉아 술을 마신 적이 딱 한 번 있었다.

학생들과 술을 마신 후 택시를 타고 집으로 돌아왔는데, 아파트 단지 정문을 막 들어서려던 나를 그가 불러 세웠다.

저기…… 교수님이시죠?

그는 맨발에 운동화를 신은 채 도로를 뛰어 건너왔다. 평상시 앉아 있는 것만 봐서 잘 몰랐는데, 그는 오른쪽을 다리를 조금 절었다. 손에는 A4용지 두 장이 들려 있었다.

죄송한데…… 이것 좀 봐주시면 안 될까요……

남자는 내게 종이를 내밀면서 말했다. 남자의 목소리는 얇은 철삿줄이 울리는 것처럼 여렸고, 몸에선 쉰내가 났다. 종이엔 남자가 대자보에 옮겨 쓸 내용이 적혀 있었다. 2014년 6월 3일 하나은행 권순찬의 모친 김복순의 농협 계좌로부터 일금 칠백만 원이 국민은행 김석만 계좌로 또 한번 입금……

나는 종이에 적힌 문장들을 가로등 불빛에 의지해 읽

of the apartment security company, and the apartment maintenance director had to say would be way more helpful than what I could tell him. I also felt bad for him, but I didn't have the sincerity to fix him up with a job or let him stay in a spare room in my apartment. *Someone I felt sorry for, but was bothersome.* That was how I honestly felt. So I bowed to them once again and walked out of the pub.

*

It wouldn't matter whether I share it or not, but I have an unimportant anecdote about my encounter with him. I think it was a little while after the beginning of the second semester. Mr. Kwon Sun-chan and I sat for a drink at the pub once.

I had come home in a cab after drinking with my students, and I was just about to walk through the entrance to the apartment complex when he called me.

Excuse me...! You are a professor, right?

He came running across the road, wearing sneakers on his bare feet. I'd only seen him sitting down before, so I hadn't noticed until then that he had a slight limp in his right leg. In his hand were two pieces of A4 paper.

어나가다가 말고 남자에게 물었다.

한데, 이걸 왜 저에게……?

저기…… 맞춤법 좀 봐주셨으면 해서요…… 이게 틀린 게 없이 정확해야 하거든요……

나는 말없이 남자의 얼굴을 바라보다가 그를 데리고 호프집으로 들어갔다. 그리고 가방에서 빨간색 플러스펜을 꺼내 남자의 문장을 하나하나 고쳐주었다. 취기가 조금 올랐지만 나는 정신을 집중하려고 노력했다.

문장을 다 고친 뒤엔 남자와 소주를 탄 생맥주를 한 잔씩 나눠 마셨다. 나는 남자에게 입주민 대표나 다른 사람들이 했던 말들을 또 한 번 건네진 않았다. 우리는 말없이 그저 술만 마셨을 뿐이었다. 전작이 있었던 나는 어느 순간부터 그만 정신을 놓아버렸는데, 그래서 남자와는 더더욱 다른 말을 할 수가 없었다. 다만 남자와 함께 호프집을 나선 후, 아파트 단지 정문 입구에 서서 이런 말을 나누었던 기억만은 어렴풋이 남았다.

저려요?

나는 몸을 제대로 가누지 못하면서 남자에게 물었다.

네?

그 다리, 계속 앉아 있어서 저리냐고요?

I'm sorry, but could you take a look at this for me...? he asked me, holding out the pieces of paper. His voice was soft, like the vibration of a thin wire, and a sour smell emanated from him. On the pieces of paper were words he was going to rewrite on the posters. *On June 3, 2014, seven thousand dollars from Hana Bank Kwon Sun-chan account and from Nonghyeop Kim Bok-sun account were transferred to Kukmin Bank Kim Seok-man account twice and...*

But, why do you want me to...? I asked, stopping in the middle of reading the sentences on the paper, by the light from the roadside lamps.

Um...could you take a look at the spelling for me? It has to be correct, you see...

I stared at the man for a little while and took him with me to the pub. Then I took out a red pen and fixed the sentences one by one. I was slightly tipsy, but I tried hard to concentrate.

Afterwards, we each drank a glass of beer mixed with soju. I didn't reiterate what the apartment residents' representative or other people had told him already. We only sat and drank beer. Since I'd already had some alcohol, I almost blacked out; I definitely could not talk to him about other things. In fact, I only remembered having this conversation with him at the entrance of the apartment complex

아, 이거요. 아니에요…… 원래부터 좀 절었어요. 어
렸을 때 다쳐서.

어쩌다가 그랬는데요?

그냥…… 어릴 때 뒷산에서 놀다가 떨어지는 바람
에…… 그때 뼈에 이상이 생겼는데 아버지가 믿어주질
않더라구요. 아무리 아프다고 해도…… 그렇게 두 달
정도 지났더니 이렇게 되더라구요.

어머니는요? 어머니한테라도 말해보시지……

그땐 어머니가 돌아가셨을 때라……

네? 뭐라고요? 지금 어머니 돈 찾으려고 이러는 거
아니었어요?

맞아요…… 새어머니……

*

추석 연휴가 지나고 10월에 접어들 때까지도 남자는
계속 그 자리를 지키고 앉아 있었다.

늦더위가 남아 있다고는 하나 아침저녁으론 한기가
느껴져 보일러를 실온으로 가동시키고 따뜻한 커피를
손에 쥐고 있는 날들이 늘어가는, 그런 계절이 돌아온

after we left the pub.

Is your leg asleep? I asked, staggering, unable to stand up straight.

Excuse me?

Your leg, are you limping because it's asleep?

Oh, this. No...I've had the limp forever, because of an accident when I was young.

What happened?

Just...fell playing up on a hill when I was little...and something was wrong with my leg, but my dad didn't believe me, no matter how much I told him it hurt...Then after a couple months, I ended up like this.

What about your mother? Should've told her...

It was after my mother had passed...

Huh? What? I thought you were doing this to get your mother's money back.

Right...My stepmother...

*

After the Chuseok holidays and well into October, the man still kept his place. Although the late summer heat persisted, it was chilly in the mornings and evenings. The season returned when more and more people set their heaters to room

것이었다. 오후엔 황사 섞인 바람이 불어올 때가 잦았는데, 그런 날이면 남자의 천막 비닐 끄트머리에 묵직한 돌덩이가 정면 후면 가지런히 놓여 있기도 했다. 바람은 비닐이, 한기는 스티로폼이 막아준다고 하지만, 가로수가 헐거워지고 하늘이 높아갈수록 그의 천막을 바라보는 마음은 상대적으로 점점 더 무거워져갔다. 더운 국을 먹을 때나 따뜻한 물로 샤워를 할 때, 그러지 않으려고 하는데도 저절로 남자 생각이 났다. 어렸을 때 키우던 고양이가 가출했던 기억이 새삼 떠오르기도 했고, 군 시절 혹한기 훈련을 하면서 보았던 은하수와 언 강물 같은 것들이 뒤죽박죽 계통 없이 떠오르기도 했다. 늑골에 자잘한 돌무더기가 우르르 굴러다니는 기분도 들었다.

그런 기분은 비단 나뿐만은 아니었는지, 10월 첫째 주엔 아파트 엘리베이터 옆 게시판에 특별 모금을 한다는 안내문이 나붙었다. 딱한 사정에 처한 502호 할머니와 단지 정문 건너편 남자를 위해 작은 정성을 모으자는 취지의 안내문이었다. 입주자 대표 명의로 작성된 그 안내문엔, 해마다 연말에 실시했던 불우이웃돕기 성

temperature, and began to spend days with hot coffee in their hands. Wind full of yellow dust often blew in the afternoons. On those days, lines of heavy stones held down the plastic curtains along the front and back of Kwon's makeshift tent. Plastic curtains could block the wind and the Styrofoam panels could hold off the coldness, but as leaves began to fall and the sky began to rise, my heart sank heavier and heavier whenever I looked at his little tent. When I ate hot soup or took a warm shower, the man came to my mind although I didn't want to think about him. The memory of a kitten I'd had running away when I was little also came to mind, and mixed images of the Milky Way and a frozen river I had seen during cold weather training in the military all came to mind, for no particular reason. I also felt as if a small pile of stones were rolling around in my ribs.

It seemed that I wasn't the only one feeling this way. In the first week of October, an announcement for a special fundraiser appeared on the board next to the building elevator. It asked apartment residents for small donations to help the poor old lady who lives in 502 and the man across the street from the apartment complex. The an-

금을 올해는 이것으로 갈음한다는 내용도 적혀 있었다. 안내문이 나붙은 지 사흘 뒤엔 반장 회의를 한다는 공고문이 그 옆에 내걸렸고, 그로부터 다시 이틀이 지난 후엔 반장이 집집마다 돌아다니면서 성금을 걷었다. 만 원씩 내는 것으로 했는데, 나는 십만 원을 냈다. 반장은 내 돈을 건네받으면서 실은 자기도 오만 원을 냈다고 콧잔등을 찡긋거리면서 말했다.

금세 모을 것 같았던 칠백만 원은 그러나 쉬이 모이지 않는 모양이었다. '참좋은 마트'에 들를 때마다 나는 사장에게서 지금 얼마가 모였고, 얼마가 모자라다, 약수터에 드나들던 사거리 약국 약사가 백만 원을 선뜻 내놨다. 구의원하고 구청 직원들도 얼마를 내놨다고 하더라, 입주민 대표가 이곳저곳 뛰어다니면서 애를 쓰는 모양이다, 라는 말을 들을 수 있었는데…… 그래서인지는 몰라도 전처럼 호프집에 거리낌없이 드나들기가 어려웠다. 혼자 술을 마시고 있노라면 어쩐지 무슨 잘못을 저지르고 있는 듯한 기분이 들었고, 비정한 사람이 된 것만 같은 찜찜함이 계속 머릿속을 맴돌았다. 나는 몇 번이고 호프집으로 내려가려던 마음을 다잡고 집

nouncement was signed by the apartment resident director, and it included the fact that this fundraiser would substitute for the annual fundraiser for the needy held at the end of the year. Three days after the announcement appeared on the board, a notice about a building representatives' meeting was pinned next to the announcement. Then two days later, our building residents' representative went around the whole building, collecting donations. The recommended amount was ten dollars, but I gave a hundred. As the representative collected the money from me, he wrinkled the bridge of his nose and told me he also contributed 50 dollars.

Although it seemed as if they'd collect seven thousand dollars in no time, it didn't come together so easily. Every time I stopped by the Very Good Mart, the owner told me how much they'd collected and how much more they needed, or how the pharmacist at the crossroads who used to go to the water spring donated a thousand dollars, or how he heard the district representative and the workers at the district office donated a certain amount, or how the apartment residents' representative was rushing here and there to raise funds, and so on. And I think it all deterred me from going to the pub

에서 그냥 캔맥주를 마시거나 그도 아니면 그냥 아무것
도 마시지 않았다. 마시지 않을 수 있었다.

그 덕분인지 몰라도 나는 한글 파일에 무언가 조금씩
적어나갈 수 있게 되었다. 무력증은 여전했고, 나도 모
르게 주먹을 움켜쥐는 일들 또한 비일비재했지만 그래
도 그때마다 숨을 길게 내쉬면서 문장을 써보려고 노력
했다. 떠오르는 이야기마다, 그것이 말이 되든 되지 않
든 포스트잇에 휘갈겨 일단 컴퓨터 책상 뒷벽면에 물고
기 비늘 모양으로 길게 붙여놓기도 했다. 학교에서의
생활도, 가족에게 보여주는 모습도, 별 이상은 없지 않
은가. 소설만 쓴다면, 문장과 문장을 이을 수만 있다면
이 모든 것들을 무사히 유지할 수 있을 것만 같았다. 기
꺼이 그렇게 돌파할 수 있을 것만 같았다.

무엇이 잘못됐는지도 모른 채, 나는 그렇게 계속 자리
를 지키려 꾸역꾸역 애를 썼던 것이다.

*

칠백만 원이 다 모인 것은 11월 초순의 일이었다.

as I used to. When I sat at the pub, drinking alone, I felt as if I was doing something wrong, and the feeling of having become a heartless snob kept plaguing me. Several times I stopped myself from going down to the pub and ended up drinking beer at home, or not drinking anything at all. I was able to stay off alcohol.

Maybe that was why I was able to write something bit by bit. Lethargy still wore me down, and there were still a lot of things that made me clench my fists without realizing it. But every time, I simply drew a deep breath and tried to write a few sentences. All the stories I thought of, whether they made sense or not, I first scribbled down on Post-its and stuck them on the wall behind my computer, like the scales of a fish. My life at the school and the image I upheld in front of my family were not bad. If I could just write a novel, if I could just connect sentences with sentences, I felt as if I would be able to keep everything safely under control. I thought I could make a breakthrough in this state.

Without realizing what was wrong, I kept on trying and trying to keep my place.

성금을 전달하기 하루 전, 나는 '참좋은 마트'에 라면을 사러 갔다가 그곳에 모여 있던 입주민 대표와 여러 사람들을 만날 수 있었다.

막판에 502호 할머니가 사십칠만 원을 냈대요. 그래서 칠백십만 원이 조금 넘게 모였대요.

'참좋은 마트' 사장은 내게 귓속말로 그렇게 전해주었다.

자, 그럼 이 돈을 어떻게 전달해줄까요?

입주민 대표가 사람들을 쭉 한 번 둘러보면서 말했다. 나는 라면을 고르는 척하면서 창문 너머 권순찬씨를 슬쩍 바라보았다. 처음 이곳에 왔을 때 보았던 검은색 양복 위에 초록색 패딩 점퍼를 새로 걸쳐입은 그는, 자신의 옆구리를 주먹으로 통통 쳐대면서 그 자리에 그대로 앉아 있었다. 길게 하품을 하기도 했고, 대자보 판을 다시 바르게 고쳐 세워놓기도 했다.

제가 아는 지방신문 기자가 한 명 있는데요, 내일 부를까요?

누군가 그렇게 말하자 입주민 대표가 손사래를 쳤다.

정중하게 합시다, 정중하게. 이건 정확하게 말하자면 저 남자를 돕는 게 아니고 502호 할머니를 우리가 도와

All seven thousand dollars came together at the beginning of November.

A day before the donation was to be delivered, I stopped by the Very Good Mart to buy some instant noodles and ended up running into the apartment residents' representative and other people.

Apparently, the baby stroller lady at apartment number 502 had given 470 dollars at the last minute, the owner of the Very Good Mart whispered to me. So now we have a little more than 7,100 dollars.

So how should we give this money to him? asked the apartment residents' representative, as he looked around at the people who had gathered there. Pretending to be interested in which instant noodles to get, I stole a glance at Mr. Kwon Sun-chan through the window. Wearing a green down jacket over the black suit he had had on when I first met him, he was still sitting there, lightly hitting the side of his body. He let out a deep yawn, and also set the posters upright in the correct position.

I know a journalist for a local paper. Should I call him?

When someone asked the question, the apart-

드리는 거예요. 저 남자는 받을 돈을 받는 거구요.

입주민 대표가 말하자 아무도 이의를 제기하지 않았다. 나 또한 그의 말이 맞다고 생각했다.

아, 그래도 저 남자하고 정이 참 많이 들었는데……뭘 한 것도 없지만 몇 달 동안 매일매일 얼굴 보고 인사했는데……

그나마 첫서리 내리기 전에 일이 이렇게 돼서 얼마나 다행이에요. 저러다가 겨울 맞으면 큰일나죠.

502호 할머니는 나서지 않을 거 같으니까 우리가 직접 전하는 거로 하죠, 뭐. 절차가 따로 필요 있나요?

나는 거기까지만 듣고 '참좋은 마트'를 나섰다. 바로 집으로 들어가려다가 말고 나는 걸음을 멈춘 채 뒤돌아 남자를 한 번 바라보았다. 남자는 대자보판을 아예 양팔로 끌어안은 채 꾸벅꾸벅 졸고 있었다. 남자는 이제 어디로 가게 될까? 인천으로 돌아가겠지. 나는 남자의 인천 거처가 그때까지도 무사히 남아 있기를 바라보았다. 거기까지가 내가 남자를 위해 할 수 있는 전부라고 생각했다.

후에, 호프집 여주인으로부터 전해들은 이야기에 따

ment residents' representative frantically waved his hands no.

We have to be respectful. Polite, you know. Precisely speaking, we're not doing this to help that man but the old lady from 502. He's only receiving what he's entitled to, said the apartment residents' representative, and no one voiced dissent. I also believed he was right.

Ah, I was growing somewhat fond of him, you know...We didn't talk much or anything, but said hello every morning for several months...

It's good that everything's resolved before the first frost, though. Something horrible could happen if he stayed over the winter.

Since it doesn't seem like the old lady from 502 will come, let's do it ourselves. It's not like we need a formal procedure or anything.

With that sentence, I left the Very Good Mart. Instead of heading straight home, though, I stopped in my tracks and turned around to take a look at the man. He was dozing, holding the posters in his arms. *Where will he go now? He'll probably return to Incheon.* I hoped his residence in Incheon would still be there for him when he returned. I thought this was all I could do for him.

르면, 다음날 그 남자는, 권순찬씨의 행동은, 편지봉투에 정성껏 오만 원권 지폐로 칠백만 원을 마련해간 아파트 입주민들을 충분히 당혹스럽게 만들었다고 한다.

입주민 대표는 여비조로 따로 이십만 원이 든 편지봉투도 들고 갔고, 신문기자를 부르진 않았지만 '참좋은 마트' 사장이 스마트폰으로 그 모든 과정을 동영상으로 남기기로 했고, 사람들은 남자와 일일이 악수를 하며 박수를 칠 생각이었으며, 기꺼이 남자의 천막 철거 작업을 도울 작정이었지만……

하지만, 남자는 사람들의 그 모든 선의를 거부했다.

저는 이 돈을 받을 수가 없습니다.

남자는 그렇게 말하고 다시 대자보 판을 잡고 제자리에 앉았다.

아니, 권순찬씨. 이게 우리가 다른 뜻이 있는 게 아니고요. 502호 할머니 대신해서 전해드리는 겁니다. 여기 502호 할머니 돈도 포함되어 있어요.

입주민 대표가 그렇게 말했지만, 남자는 요지부동이었다.

저는 원래 그 할머니한테 돈을 받을 생각이 없었습니다. 저는 김석만씨를 만나러 온 거예요. 그 사람을 직접

The day after I saw everyone in the Very Good Mart, Mr. Kwon Sun-chan's reaction only left confusion and embarrassment among the residents of the apartment complex who went to see him with seven thousand dollars, all in fifty-dollar bills, sincerely stuffed in an envelope.

The apartment residents' representative even brought a separate envelope with two hundred dollars for his travel expenses. Although they didn't call the journalist, the owner of the Very Good Mart was going to record the whole thing on his cell phone, the people were going to shake hands with the man and clap, and they were all ready to help him take down his makeshift tent...

But the man refused the people's good intentions.

I can't take this money, he said, and sat back down with the posters in front of him.

Oh, Mr. Kwon, we're not doing this for some ulterior motive. We're only delivering this to you on behalf of the 502 lady. She also chipped in.

Yet, despite the explanation the apartment residents' representative offered, the man didn't budge an inch.

I wasn't going to ask for her money. I only came to see Mr. Kim Seok-man. I was going to meet him

만나서 일을 해결하려고요……

모여 있던 사람들의 탄식이 흐르고, 몇 번의 실랑이가 더 오갔지만, 남자는 뜻을 굽히지 않았다. 그는 아무 일 아니라는 듯 천연스럽게 스티로폼 위로 올라온 모래를 손바닥으로 쓸어내리기도 했다.

그만 갑시다! 사람들의 성의를 원 저렇게 무시해서야……

누군가 그렇게 외쳤고, 사람들은 하나둘 다시 단지 정문 쪽으로 되돌아왔다. 그것이 내가 전해들은 그날 일의 전부였다.

아파트엔 그가 칠백만 원에 대한 이자를 받으려 한다는 소문이 돌기 시작했다.

*

그날 이후, 입주민 대표는 나를 따로 두 번 찾아왔다. 구청 계장으로 정년퇴직한 이 사내는, 재작년 암으로 아내를 잃은 사람이었다. 아들이 두 명 있는데 지금은 모두 서울에서 직장생활을 하고 있다고 들었다.

입주민 대표는 내가 서재로 쓰고 있는 방 한가운데

in person and get this matter resolved...

People let out sighs, and they tried to convince him a few more times, but the man's mind was made up. As if all of this didn't matter to him, he nonchalantly wiped off some sand from the Styrofoam panels.

Let's go back! I can't believe he'd turn down our sincerity like that, someone shouted, and one by one people returned to the apartment complex. That was all I heard about what happened that day.

In the apartment complex, a rumor began to circulate, about how the man was trying to get interest on his seven thousand dollars.

*

After that day, the apartment residents' representative came to see me twice. Retired from his job as deputy director at the district office, he'd lost his wife to cancer a couple years ago. He had two sons, and I'd heard they were both working in Seoul.

The apartment residents' representative sat cross-legged in the middle of the room I was using as a study and didn't say a word as he pressed the middle of his forehead with his thumb and

책상다리를 하고 앉아 한참 동안 엄지와 검지로 자신의 미간을 누른 채 말이 없었다. 나는 그가 입을 열 때까지 아무 말 없이 기다려주었다.

우리가 뭘 잘못한 걸까요?

그가 중저음의 목소리로 내게 물었다. 나는 아니라고, 대표님이 애 많이 쓰신 거 잘 알고 있다고 말해주었다. 실제로 나는 그렇게 생각하고 있었다. 나는 그의 선의를 의심하지 않았고, 그래서 그가 느꼈을 씁쓸함이나 허탈함도 이해할 수 있었다. 아무리 따져봐도 입주민 대표가 잘못한 일은 없는 것 같았다. 그게 맞았다.

사람들 인식이 점점 안 좋아지고 있어요. 원래 안 그러던 사람들인데⋯⋯

나는 입주민 대표의 말에 가만히 고개만 끄덕거려주었다.

이교수님은 혹시 다른 생각이 있으신지⋯⋯?

입주민 대표는 나에게 그렇게 물었다.

제가 무슨⋯⋯ 저도 똑같죠, 뭐.

날도 더 추워지는데⋯⋯ 저러다가 사고나 나지 않을까, 걱정입니다.

네, 그러게요⋯⋯

forefinger. I waited in silence until he was ready to speak.

What have we done wrong? He asked in a pleasant, baritone voice. I told him he'd done nothing wrong, and that I knew how hard he worked to get it all together. And that was what I really thought. I didn't doubt his good intentions, so I could understand the bitterness and dejection he might have felt. No matter which way I thought about it, there was nothing the apartment residents' representative had done wrong. That was correct.

More and more people have bad feelings about him. They didn't use to...he said, and I only nodded.

Professor Lee, do you have some other opinion on the matter? He asked me.

Me? Oh no...I feel the same way.

It's getting colder you know...I'm worried he'd get sick or something.

I know...

The apartment residents' representative hesitated, and at that moment, I was able to guess the real reason behind his visit.

Professor Lee. Can you maybe talk to Mr. Kwon Sun-chan? I still have the money...

Me? Even if I go talk to him, he wouldn't neces-

입주민 대표는 잠시 뜸을 들였다. 나는 그 대목에서 그가 나를 찾아온 진짜 이유를 짐작할 수 있었다. 입주민 대표는 그 짐작 그대로 내게 말을 꺼냈다.

저기, 이교수님이 권순찬씨를 한번 만나보시는 게 어떨까요? 아직 돈도 저한테 있는데……

제가요? 제가 만난다고 뭐 딱히……

그래도 해볼 때까진 해봐야죠. 이교수님도 설득하고, 저도 설득하고, 관리소장님도 찾아가보고, 뭐 그러는 수밖에 없지 않겠어요?

나는 잠깐 말없이 손가락으로 방바닥에 의미 없는 그림을 그렸다. 나는 입주민 대표도 종류는 다르지만 나와 같은 무력증을 겪고 있는 게 아닐까, 잠시 그런 생각을 했다.

나는 그에게 노력해보겠다고 말하고 대화를 끝냈다.

입주민 대표의 말 때문인지 몰라도 나는 퇴근을 할 때마다 그를 만나러 가야 한다는 부담감에 시달렸다. 차를 주차하고 바로 집으로 들어가선 안 된다고, 어디선가 사람들이 내가 권순찬씨를 만나기를, 내 걸음이 어디로 향할지 지켜보고 있을 거라고, 그런 생각들이

sarily...

Well, we have to try our best, right? You can go talk to him, and I'll try to convince him, and the apartment maintenance director will also go see him. This is all we can do for the time being.

For a second, I doodled mindlessly on the floor with my finger. *Maybe the apartment residents' representative is suffering from the same kind of lethargy I was suffering from,* I thought.

I told him I'd try, and ended our conversation.

Possibly because of what the apartment residents' representative had said, I suffered from the burden of having to go and talk to the man every day after I came home. Every day, I thought, *I shouldn't go straight home after parking my car. Someone might be hoping that I'd go and talk to Mr. Kwon, watching me to see where I'm headed.* These thoughts followed me around constantly. In fact, I walked out to the entrance of the apartment complex several times after I parked my car in the lot instead of going straight home. But I couldn't take another step further. I wasn't confident I could convince the man; but more importantly, I didn't understand the reason why I had to try and convince the man. Since I was disturbed and bothered about something that had

나를 계속 따라다녔다. 실제로 나는 차를 주차하고 곧장 집으로 들어가지 않고 몇 번 다시 아파트 정문 앞까지 걸어나오기도 했다. 하지만 그 이상 더 나아가지는 못했다. 그를 설득할 자신도 없었지만, 왜 내가 그를 설득하려고 노력해야 하는지 그 이유를 알 수가 없었다. 이유를 알 수 없는 일에 시달리고 신경을 쓰자니, 다시 무력감이 찾아오고 다시 화가 나는 기분이었다. 나는 아파트 정문에 한참 동안 주먹을 움켜쥔 채 서 있다가, 이유 없이 상체를 앞뒤로 까딱까딱거리며 앉아 있는 그를 바라보다가, 말없이 집으로 돌아오는 일을 반복했다.

그리고…… 나는 다시 또 호프집에 나가기 시작했다. 아무 거리낌없이.

*

12월에 접어든 이후, 그의 천막은 구청 공무원들에 의해 세 번 철거를 당했다. 누군가 신고를 한 모양이라고, '참좋은 마트' 사장이 말해주었다.

그냥 가만히 보고만 있던데요.

구청 공무원들이 가위로 소나무에 연결된 끈을 자르

no answer, I felt lethargy and anger overtake me once again. I stood by the entrance of the apartment complex for a while with my hands clenched into fists, and stared at him as he sat and rocked his body to and fro, and came home without saying a word. And for a while, I repeated this routine.

Also...I began to go to the pub again. Without any qualms whatsoever.

*

When December came, the man's makeshift tent was torn down three times by the officials from the district office. The owner of the Very Good Mart told me someone must have reported him to the office.

Oh, he didn't do anything. Just stood there and watched them.

Apparently, the man only stood by even when the officials cut the ropes that tied the canopy to the pine trees and folded the Styrofoam panels in half and loaded them on a truck. After the officials left, he sat on the edge of the sidewalk with the posters for a while. Then for two or three days, he was gone. Afterwards, he came back, set up another makeshift tent with another Styrofoam panel,

고 바닥에 깔려 있던 스티로폼을 반으로 꺾어 트럭에 실을 때도 그는 얌전히 한쪽에 서 있기만 했다고 한다. 구청 공무원들이 떠난 후에도 한동안 대자보 판을 들고 가만히 인도 턱에 앉아 있던 그는 이틀씩, 사흘씩 자리를 뜨기도 했다. 그러곤 다시 나타나 천막을 치고 스티로폼을 깔고 대자보 판을 들고 앉았다. '참좋은 마트' 사장 말에 따르면 월수금 오전에만 나가던 지하 주차장 청소일도 이미 보름 전에 그만둔 모양이라고 했다.

세 번째 철거를 당한 이후 그는 다시 천막을 치지 않았다. 대신 어디선가 휴대용 낚시 의자를 구해와 조용히 그곳에 앉아 있기만 했다. 대자보 판은 언제나처럼 그의 무릎 앞에 세워져 있었다. 그리고 밤에는…… 박스를 얼기설기 연결해 직사각형으로 만든 후, 그곳에 들어가 잠을 잤다. 관처럼 생긴 박스 안에서…… 바닥엔 마찬가지로 박스가 깔려 있었겠지…… 그 위에 침낭을 깔고 잠을 잤겠지…… 아파트 주민 모두가 숨죽인 채 그의 행동을 하나하나 훔쳐보고 있는 눈치였지만, 다들 서로 그런 말은 하지 않았다. 그런 내색도 비치지 않았다.

and sat there with the posters. According to the owner of the Very Good Mart, he seemed to have quit his cleaning job at the parking lot about two weeks ago.

After his makeshift tent was torn down a third time, he didn't set up another one. Instead, he brought a portable folding chair he'd gotten from somewhere and sat there quietly. As always, the posters stood, leaning on his knees. And at night, he put several boxes together to make a big rectangular box and slept in there. In that coffin-like box, there was probably another folded cardboard box on the ground, and he probably laid down a sleeping bag and slept in it. It seemed as if all the residents of the apartment complex quietly followed every one of his actions, but no one said anything. They didn't let anything show.

On the first day that snow fell in G City, I was at the pub, drinking. But then I impulsively opened the door, walked out, and crossed the street. Probably because of the snow, the surroundings seemed bright, and the light from the street lamp seemed even blurrier. The silhouette of the snow-piled hill was clear-cut, and I noticed curls of white smoke rising from the smokestacks of the factory

G시에 첫눈이 내리던 날, 나는 호프집에서 술을 마시다가 충동적으로 문을 열고 나가 도로를 건넜다. 눈 때문이었는지 주위는 환했고, 가로등 불빛은 더 흐려 보였다. 눈 쌓인 야산의 경계는 선명했고, 야산 너머 멀리 공장단지의 굴뚝에서 하얀 연기가 피어오르는 것이 눈에 들어왔다. 힘없이 흩날리는 눈송이들, 바닥에 쌓이는 눈송이들. 나는 그것들을 밟고 그의 앞으로 다가갔다. 초록색 패딩 점퍼에 달린 모자를 둘러쓰고, 면장갑 낀 두 손으로 대자보 판을 들고 있는 남자. 휴대용 낚시 의자에 앉아 있는 그의 뒤편에는 크기가 서로 다른 박스들이 차곡차곡 개켜져 있었다. 그리고 바로 그 옆에는 속이 빈 커다란 업소용 식용유 깡통이 놓여 있었는데, 무언가를 태운 듯 잔뜩 그을려 있었다.

남자는 어깨를 잔뜩 옹송그리고 있다가 힐끔 나를 쳐다보았다.

어머니 때문에 그래요?

나는 점퍼 주머니에 손을 넣은 채 말했다.

어머니가 당신 때문에 죽은 거 같아서 그러냐고요?

남자는 나를 쳐다보던 눈길을 거두고 다시 고개를 숙였다.

beyond the hill. Snowflakes scattered helplessly in the air and began to accumulate on the ground. I stepped on those snowflakes and approached the man. He was wearing the hood from the green down jacket he had on, and holding the poster boards in his hands that were covered with cotton gloves. He sat in the folding chair, and behind him was a pile of folded boxes in varying sizes. Right next to the pile of cardboard boxes was a large can of cooking oil used in restaurants. As if he'd burned something in it, the can was charred on inside.

The man sat, his shoulders crouched, and briefly glanced at me.

Are you doing this because of your mother? I asked him, with my hands in the pockets of my jacket.

Is it because you think she died because of you?

The man turned his eyes downward and put his head down.

No...My mom didn't die because of me...

But before he could say anything else, I pulled my hands out of pockets and grabbed him by the collar.

What do you mean "no"? That's what it is! You think your mother killed herself because you were late!

아닌데요······ 어머니가 왜 나 때문에 죽어······

남자가 거기까지 말했을 때, 나는 점퍼 주머니에서 손을 빼 그의 멱살을 잡았다.

아니긴 뭐가 아니야! 그런 거잖아! 당신이 늦어서 어머니가 그렇게 됐다고 생각하는 거잖아!

멱살을 잡힌 남자는 엉거주춤 자리에서 일어났고, 그 바람에 휴대용 낚시 의자는 뒤로 나뒹굴었다.

아닌데요······ 돈이 육백만 원밖에 없어서······ 두 달을 더 일해야 돼서······ 그렇게 된 건데요······

남자가 거기까지 말했을 때, 나는 그의 멱살을 잡았던 손을 풀었다. 나는 남자의 말을 제대로 듣지도 않았다.

애꿎은 사람들 좀 괴롭히지 마요! 애꿎은 사람들 좀 괴롭히지 말라고!

나는 뒤로 주춤 물러선 그를 향해 그렇게 말하곤 다시 도로를 건너 아파트 정문 쪽으로 걸어왔다. 호프집 여주인이 문을 열고 서서 가만히 나와 권순찬씨를 바라보고 있었다.

*

Since I held him by the collar, the man stood up awkwardly, and the folding chair fell backwards.

No...I only had six thousand dollars...so I had to work two more months...That's what happened...

When he said that, I unwrapped my hands from his collar. I didn't even listen to what exactly he said.

Stop harassing innocent people! Just stop harassing us!

I yelled at the man, who had taken a few steps backwards, and crossed the street to go back to the apartment complex. The lady owner of the pub stood by the opened door, watching me and Mr. Kwon Sun-chan.

*

That was it.

For three days after that night, he kept his place.

Then, in the morning of the fourth day, a van with the words "G City Shelter for the Homeless" on its side stopped by the road across the street from the entrance to the apartment complex, and two burly young men stepped out. Without saying a word, they held Mr. Kwon up on both sides and lifted him. And that was the end.

거기까지였다.

그는 그날 이후 사흘을 더 그 자리를 지키고 앉아 있었다.

나흘째 되는 날 오전, 'G시 노숙인 쉼터'라는 글자가 박힌 승합차가 아파트 정문 건너편에 서더니, 건장한 청년 두 명이 내렸다. 그들은 아무 말 없이 권순찬씨의 팔을 양쪽에서 잡아 일으켜세웠다. 그것이 끝이었다.

이를 덜덜덜 떨면서 끌려가더라구요. 아무 저항 없이.

나는 '참좋은 마트' 사장이 하는 말을 잠자코 듣기만 했다. 나는 그들을 누가 불렀는지 대강 짐작이 갔다. 그러나 그런 짐작에 대해선 한마디도 하지 않았다. 그저 '참좋은 마트' 유리창을 통해 도로 건너편, 그가 다섯 달 가까이 앉아 있던 자리만 멀거니 바라보았다. 거기엔 휴대용 낚시 의자와 대자보판, 차곡차곡 쌓여 있던 박스들은 온데간데없고, 불에 그슬린 업소용 식용유 깡통만 쓸쓸하게 모로 누워 있었다.

*

나는 원래 그의 이야기를 문장으로 쓸 마음은 갖고

His teeth were chattering when they dragged him away. But he didn't resist.

I simply listened to the owner of the Very Good Mart as he talked on. I could guess who had called the shelter, but I didn't say a word. I only looked across the street through the window of the Very Good Mart at the place where the man had sat for about five months. Everything—the folding chair, posters, and neat pile of cardboard boxes—was gone, except for the charred can of oil, lying on its side.

*

I wasn't going to write about the man. Actually, I was going to at first, but decided against it because I wasn't confident about writing about him. But now, here, I wrote his story. That was because of one person I saw on Friday two weeks ago.

I'd come home from school, parked my car, and was walking toward Building 102 when I noticed a black sedan pass by. It was an imported coupe that I had never seen in the apartment complex. So I stopped and watched as the driver parked the car. The man who got out was around my age, and was

있질 않았다. 아니, 처음엔 쓸 생각이었지만 중간에 그만, 쓰지 않기로 마음을 고쳐먹었다. 도무지 그에 대해서 쓸 자신이 없었기 때문이다. 하지만 나는 지금 여기에, 그의 이야기를 썼다. 그건 지지난주 금요일, 아파트 단지 주차장에서 내가 만난 한 사람 때문이었다.

학교에서 돌아와 차를 주차하고, 102동 출입구 쪽으로 걸어가는데 못 보던 검은색 승용차 한 대가 내 옆을 스쳐지나갔다. 내가 살던 아파트에서 못 보던 쿠페형 외제차였다. 나는 잠깐 멈춰 서서 그 차가 주차하는 것을 지켜보았다. 차에서 나온 사람은 내 또래의 남자였는데, 꽉 끼는 청바지에 검은색 가죽재킷을 입고 있었다. 가죽재킷의 칼라 부분엔 흰색 털이 달려 있었다. 가죽재킷 안에는 빨간색 줄무늬 티셔츠를 입고 있었는데, 복부 비만인 듯 배가 고스란히 드러나 보였다. 손에는 쇼핑백을 들고 있었다. 남자는 가만히 서 있는 나를 힐끔 한 번 바라보더니 그대로 103동 출입구 쪽으로 걸어갔다. 나는 그의 뒷모습을 보며 누굴 찾아왔구나, 우리 아파트에 저런 차를 모는 사람도 찾아오는구나, 생각하며 102동 쪽으로 걸어갔다. 그렇게 몇 걸음 걸어가다가

wearing a pair of tight jeans and a black leather jacket. White fur topped off the collar of the jacket. Underneath, he was wearing a red striped T-shirt over his bulging belly. He was also holding a shopping bag. He glanced at me as I stood still, and then walked toward Building 103. I watched him from the back, as I walked toward my building. I thought, *He must be a visitor; someone who drives a car like that even comes to our apartment complex, huh?* But after taking a few steps, I turned around and looked towards Building 103, where the man had walked in. *It's him! He's that man!* Holding my breath, I glared at the fifth floor of Building 103. Right then the elevator must have stopped on the fifth floor, because the automatic lights began to light up in the hallway. Glowering at the lights, I stood there for a long time.

And I began to write this story. A story about why we vent our anger at innocent people.

말고 나는 다시 몸을 돌려 그가 들어간 103동 쪽을 바라보았다. 그였구나! 그 사람이었구나! 나는 숨을 멈춘 채 103동 5층 복도를 노려보았다. 때마침 5층에 엘리베이터가 멈춰 섰는지 복도에 하나둘 불이 들어오기 시작했다. 나는 그 불빛들을 노려보며 한참 동안 그 자리에 서 있었다.

그리고 지금 여기에, 그 이야기를 쓰기 시작했다. 우리는 왜 애꿎은 사람들에게 화를 내는지에 대해서.

창작노트
Writer's Note

분별 없는 관찰자

소설가들이란, 자신이 무엇을 썼는지 제대로 알지 못하는 친구들이다. 설령 그것을 안다고 해도, 그것에 대해서 정확히 말할 능력이 없는 자들이다. 물론 그 '소설가들'의 범주에 나 역시 포함되는지라 이런 '작가 노트'와 같은 형식의 글은 피하는 게 상책인데, 그럼에도 굳이 써야 한다면 '딴청'을 부릴 수밖에 없다. '딴청'이라고는 했지만, 사실 그게 전부일지도 모른다. 나는 언제나 '딴청'에서부터 시작해서 '딴청'으로 이야기를 마무리했기 때문이다. 그것이 내가 습득한 소설 창작의 비밀이다.

An Observer Without Discretion

Writers are people who do not know exactly what they wrote. Even if they do know, they are people who do not have the ability to say exactly what they wrote. Of course, I'm one of those "writers," so it would be wise to avoid these "writer's note" type of essays. But if I can't avoid it, then I'll just have to "sidestep" what I have to do and do something else instead. I wrote "sidestep," but in fact that might be what I do all the time. I always started and ended writing stories by "sidestepping" the main issue. That's the secret to fiction writing I discovered.

The dictionary defines "helplessness" as the "state

'무력(無力)'이란 단어의 사전적 정의는 '힘 또한 세력이 없음'을 뜻한다. 거기에 '능력이나 활동력이 없음' 정도가 더 덧붙여진다. 이전에도 종종 그래왔지만, 작년 4월 이후, 나는 다른 작가들과 마찬가지로 단 한 문장도 제대로 완성하지 못하는 '무력'한 시간들을 흘려보내야 했다. 몇 번인가, 무엇인가 기록하고 발언해야 한다는 심정으로 노트북 앞에 앉았지만, 그 시간들 속에서도 계속 스스로의 문장을 재고 따지고 가다듬는 내 손가락들이, 키보드 위에 가지런히 놓인, 굳은살 하나 찾아볼 길 없는 손가락들이 혐오스러워, 나는 결국 모든 것을 지우고 또 지우는 일들만 반복했다. 문장을 재고 따지고 가다듬는다는 것은 무엇인가? 사실, 그것이 '산문정신'의 처음이자 끝이다. 동일시나 동정, 감정 따위에 치우치지 말고, 사태를 냉철한 시선으로 바라보는 것. 사물의 드러나지 않은 이면을 들춰내는 것. 그것이 내가 알고 있는 '산문정신'이다. 하지만 그래서? 냉철한 시선과 사물의 드러나지 않은 이면을 들춰낸 뒤 우리에게 다가오는 것들 무엇인가? 우리에게 남은 것들은 무엇인가? 그것이 그저 문장에 지나지 않는 것이라면, '사건'을 '문장'으로 만들어, 그저 '분별'의 내

of being deprived of strength or power" and the "state of lacking skills or energy; lethargy." Occasionally, I've felt this way; but since last April, I had to let the "helpless" hours pass by without being able to write even a single sentence, just like many other writers. Several times, I sat down in front of my laptop, thinking I needed to make a record or a statement, but even during those times, I detested my fingers—my fingers without even a single callus, lined up on my keyboard, weighing, nitpicking, and polishing my own sentences even in those "helpless" hours. So I repeated deleting everything again and again.

What does it mean to weigh, nitpick, and polish sentences? Actually, this is the beginning and the end of the "spirit of prose-writing." Objectively looking at the situation without leaning toward identification, sympathy, or emotions. Revealing the hidden side of an object. That's the "spirit of prose-writing" as I know it.

But, so what? What do we gain from objective perspectives and revealing the hidden side of objects? What is left for us? What if the remnants are nothing more than sentences? What if we're only turning an event into sentences and creating the inner side of discretion? Well, directly speaking, I

면만 만들어내는 것이라면······ 에둘러 말할 것도 없이 나는 어떤 '허무'의 진창 속으로 스스로 걸어 들어갔고, 그래서 결국 아무것도 쓸 수 없었다. 내가 문장에서 들춰내는 것이라곤 고작 해야 우리 모두의 '죄책감'에 지나지 않았고, 사실 그 '죄책감'의 이면엔 '안이한 희망' 같은 것을 품고 있었다. 그것이 나의 '분별'이라고 생각했던 것이다.

나는 지금도 소설가를 온전한 소설가로 만드는 것은 '산문정신'이라고 생각한다. 어느 노작가의 말처럼 감정으로 뭉개지 않고, 자기 자신에 대한 내밀한 집중으로부터 벗어나 타인에게 눈을 돌리는 것. 거기에서부터 소설가의 문장은 만들어지는 것이라 믿고 있다. 하지만 과연 감정을 배제한 '산문정신'이란 게 존재하기나 하는 것일까? 타인의 불완전성에 대한 존중과 자유, 사태에 대한 분별과 균등한 죄책감의 분배는 결국, 산문을 산문으로만 국한시키는 일이 아닐까? 모두가 죄인이고 살아남았기 때문에 죄책감에 시달릴 수밖에 없다는 문장은 지극히 윤리적이고 그래서 합당하다. 하지만 그로 인해 적이 더 안전해진다면? 빤히 드러난

led myself into some quagmire of "futility," and so I couldn't write anything. The only thing I could reveal from my sentences was the "guilt" that everyone felt, and I actually kept a "complacent hope" on the hidden side of that "guilt." I thought that was my "discretion."

Even now, I believe what makes a fiction writer a fiction writer is the "spirit of prose-writing." Just as an aged writer once said: "Stop overwhelming the story with emotions, stop concentrating on your inner self and turn your eyes to others." I believe that's when a writer's sentences begin to be formed. But does the "spirit of essay-writing without emotions" actually exist? Wouldn't the respect and freedom for the others' incompleteness, our discretion in a situation, and the balanced distribution of guilt end up confining prose to essays? The statement "Everyone is a sinner and a survivor, and therefore is subject to suffering from guilt" is ethical, and therefore reasonable. Yet what if that makes the enemy safer? What if it stops people from pointing at the clearly obvious enemy? Only recently I realized that was the root of "fascism." The foundation that keeps people from pointing out the exposed enemy; the sentiment that every-

적 또한 가리키지 못하게 된다면? 나는 근래에 들어서
야 비로소 그것이 '파시즘'의 시작이라는 생각을 갖게
되었다. 드러난 적의 존재를 지적하지 못하는 토대, 모
두가 죄인이라는 감정, 거기에서부터 더 큰 적은 생겨
나게 되는 것은 아닐까, 하는.

그러니까 무슨 말인가? 정작 방점이 찍혀야 할 곳은
'산문'이 아닌 '정신'이 아닌가? 이 지당한 이치를 알지
못해 지난 일 년 동안 나는 단 한 문장도 쓰지 못한 채
헤매었다. 그리고 이제 겨우 '정신' 뒤에 '산문'이 온다
는 것을, 다른 작가들은 모두 다 아는 진리를, 아둔하
게도 희미하게나마 생각하기 시작했다. '정신'은 '적'을
냉철하게 분간하는 능력이다.

one is a sinner. And maybe that is the point where a bigger enemy is made...

So what does this all mean? Could it be that it's not the "prose" we need to focus on but the "spirit"? Because I didn't realize this obvious logic, I couldn't write a single sentence this past year. Being dull as I am, only now, I began to barely fathom that "prose" only comes after "spirit": the truth that all the other writers know. The "spirit" is the ability to cool-headedly distinguish the "enemy."

해설
Commentary

우리가 애꿎은 사람들에게 화를 내는 이유

이경재 (문학평론가)

　이기호의 「권순찬과 착한 사람들」의 마지막 문장은 "그리고 지금 여기에, 그 이야기를 쓰기 시작했다. 우리는 왜 애꿎은 사람들에게 화를 내는지에 대해서."이다. 이 작품은 문자 그대로 '우리가 애꿎은 사람들에게 화를 내는 이유'에 대한 탐구의 서사라고 해도 과언이 아니다. 이기호는 그 이유를 지극히 자잘한 인간과 사건들을 통하여 살펴보고 있다. "먼지 뭉치"와 "흩날리는 눈송이"의 이미지로 표현될 정도로 미약한 존재감을 지닌 권순찬과 그만큼이나 미미한 사람들이 겪는 일상의 작은 사건들이 이 심오한 주제를 검증하는 실험도구이다.

　'나'는 지방 대학 교수로서 지은 지 이십오 년이 넘은

Why Do We Vent Our Anger at Innocent People?

Lee Kyung-jae (literary critic)

Lee Ki-ho's *Kwon Sun-chan and Nice People* ends with: "And I began to write this story. A story about why we vent our anger at innocent people." Indeed, it would not be an exaggeration to say that this short story is literally a narrative that explores the reason "why we vent our anger at innocent people." Lee examines the answer to this question through highly insignificant people and events. The everyday happenings experienced by Kwon Sun-chan, who has such a weak presence that he is described as a "ball of dust" and "snowflakes meekly fluttering in the air," and other such insignificant people are the experimental tools used to examine this profound theme.

국도변의 아파트에 혼자 살고 있다. 버스도 한 시간에 한 대꼴로 다니고 변변한 교육 시설이나 상업 시설이 없는 이 아파트는 전체 백오십 세대 중 무려 삼십 세대가 넘게 비어 있다. 지방대의 부교수인 '나'는 "알 수 없는 무력증"에 빠져서 일 년 넘게 아무런 글도 쓰지 못한다. 그 무력증과 함께 '나'는 이유를 알 수 없이 화가 나는 증상을 겪는다. 그 화는 학교의 교무부처장이나 서울에 사는 가족처럼 애꿎은 사람들을 향하고는 하는데, 그때마다 "나는 왜 자꾸 애꿎은 사람들에게 화를 내는가? 나는 왜 자꾸 애꿎은 사람들에게 화를 내려 하는가?"라는 자책을 멈추지 않는다. 이기호의 「권순찬과 착한 사람들」에서는 '나'에게 일어나는 이 무력증과 성냄이 집단(권순찬과 아파트 단지 사람들) 차원에서 그대로 반복되어 나타난다.

7월 초순부터 '내'가 사는 아파트 단지 앞에는 "103동 502호 김석만씨는 내가 입금한 돈 칠백만 원을 돌려주시오!"라는 대자보를 붙인 합판을 들고 있는 남자가 나타난다. 그 남자가 바로 권순찬으로서, 그는 아예 천막과 돗자리까지 준비한 채 그곳에서 숙식을 해결하며 그 자리를 지킨다.

The narrator is an assistant professor at a regional university, living at an apartment complex built more than 25 years ago. Public buses come by once an hour, and there are no decent educational or commercial facilities around the complex, where more than 30 out of the 150 units are vacant. The narrator has been steeped in "some kind of lethargy," so that he hasn't been able to write for over a year. Along with that lethargy, he also experiences anger "for no particular reason." His anger is directed at "innocent people," such as the vice director of academic affairs and his own family. And, every time, the narrator reproaches himself, thinking: "Why do I keep getting angry at innocent people? Why do I keep wanting to get angry at innocent people?" In Lee Ki-ho's "Kwon Sun-chan and Nice People," this lethargy and anger that the narrator experiences appears on a collective level, felt by Kwon Sun-chan and the residents of the apartment complex as well.

Beginning in early July, a man appears in front of the apartment complex where the narrator lives, carrying a poster taped to a plywood panel that says "Mr. Kim Seok-man from Apartment Building 103, Number 502 Should Give Me Back My Seven Thousand Dollars!" Named Kwon Sun-chan, he

권순찬은 어린 시절부터 부모를 떠나 힘들게 살아왔다. 그러다가 어머니가 찾아와서 자신이 쓴 사채 칠백만 원을 대신 갚아달라고 부탁한다. 몇 달 뒤 권순찬은 사채업자의 계좌로 칠백만 원을 보냈고, 이 사실을 모르는 권순찬의 어머니도 이후에 칠백만 원을 사채업자의 계좌로 또다시 보낸다. 이후 어머니는 자살하고, 어머니의 장례를 치르자마자 권순찬은 '내'가 사는 아파트 단지로 내려온 것이다. 권순찬이 이 아파트 단지 앞에 나타난 이유는 사채업자의 주소지가 바로 '내'가 사는 아파트의 103동 502호이기 때문이다. 그러나 그 곳에는 아들과 수년 동안 연락도 되지 않는 할머니가 살고 있을 뿐이며, 그 할머니는 유모차에 의지해 폐지를 주우러 다니며 간신히 살아가고 있다. 권순찬의 등장 이후 "폐지 안 주우면 제대로 살 수도 없는 할머니"는 밖으로 나오지도 못한다.

아파트 단지의 사람들은 처음 권순찬을 향해 호의를 베푼다. 단지에 사는 경비 용역업체 사장은 봉선동 아파트 지하 주차장 청소 일을 소개시켜 주고, 경비 아저씨는 김치를 가져다주기도 하는 것이다. 아파트 단지 사람들의 선의는 그들이 칠백만 원을 모금하여 권순찬

even brings a canopy and mat to stay day and night.

The reader finds out that Kwon Sun-chan has had a difficult life, living apart from his parents since childhood. Then one day, his mother comes to him, asking him to help her pay back seven thousand dollars she borrowed from a loan shark. A few months later, Kwon Sun-chan wires the money to the loan shark's bank account. Without knowing this, Kwon's mother also pays the loan shark seven thousand dollars. Afterwards, the mother commits suicide, and Kwon comes to the apartment complex where the narrator lives, after holding a funeral for his mother. Kwon comes to the complex because the loan shark's official address was registered at Building 103, Apartment Number 502, the building where the narrator also lives. Yet only an old lady who has not been in touch with her son for years lives there, and she barely makes a living by collecting and selling discarded paper. She also can barely walk without the help of a baby stroller. After Kwon comes to the complex, the old lady who "can't even get by without collecting discarded papers every day" doesn't even come out of her apartment.

At first, the people of the apartment complex are

에게 전달하는 장면에서 절정에 이른다. 입주민 대표는 여비조로 따로 이십만 원이 편지봉투와 함께 모금한 칠백만 원을 권순찬에게 전달한다. 그러나 권순찬은 "저는 원래 그 할머니한테 돈을 받을 생각이 없었습니다. 저는 김석만씨를 만나러 온 거예요. 그 사람을 직접 만나서 일을 해결하려고요."라고 담담하게 말하며 그 돈을 거부한다. 물론 이러한 행동은 아파트 사람들의 "사람들의 성의를 원 저렇게 무시해서야……"라는 말을 듣기에 충분하다. 그러나 아파트 사람들의 행동은 애당초 권순찬이 원한 것이 아닐 수도 있는 것이다. 그렇다면 입주민 대표가 나중에 '나'를 찾아와 "우리가 뭘 잘못한 걸까요?"라고 말한 것처럼, 그들은 과연 뭘 잘못한 것일까?

아파트 단지 사람들의 행동은 관리소장의 말처럼, "진짜 순수하게 권순찬씨 개인을 위해서"라고 볼 수도 있다. 그러나 여기에는 중요한 도착이 존재한다. 권순찬을 위한다고 생각하는 것은 오직 아파트 사람들만의 생각이었던 것이다. 이 생각 속에 권순찬의 자리는 존재하지 않는다. 이럴 경우 권순찬을 위한 행동은 선의로 포장된 자기애의 발로로 귀착될 수도 있다. 실제로「권

nice to Kwon Sun-chan. The president of the company that supplies security service personnel arranges a cleaning job for him at the parking lot of an apartment complex in Bongseon-dong. The old gate guard brings him *kimchi*. The people's goodwill reaches its peak in the scene where they deliver seven thousand dollars they have collected to him. The apartment residents' representative gives the money, along with a separate envelope with money for transportation, to Kwon. However, Kwon calmly says, "I wasn't going to ask for [the old lady's] money. I only came to see Mr. Kim Seok-man. I was going to meet him in person and get this matter resolved." His action warrants reproach from the apartment residents, who exclaim, "Let's go back! Can't believe he'd turn down our sincerity like that." But the action taken by the people of the apartment might not have been what Kwon wanted to begin with. We can ask the same question that the apartment residents' representative asks the narrator after this scene: "What have they done wrong?"

The actions of the apartment residents can be seen as something that they do "for [Kwon Sun-chan's] own good," as the apartment maintenance director says. However, there is an important irony

순찬과 착한 사람들」에서는 '타인(권순찬)의 타자성'이라는 심연이 적지 않게 고개를 내민다. 이것에 민감하지 못한 것은 아파트 사람들과 '나' 모두에게 해당한다. '나'는 처음 "남자가 돈보다도 자신에게 찾아온 죄책감을 어쩌지 못해 저러고 있는 것이라고. 어쩔 수 없는 것이라고. 저러고 있는 시간을 보낼 수밖에 없는 것이라고 생각"한다. 그러나 권순찬은 어린 시절 친어머니가 돌아가신 후 거의 학대에 가까운 방치를 당했으며, 지금 자살한 어머니도 "새어머니"임이 밝혀진다. '나'는 술에 취해서 권순찬의 멱살을 잡은 순간까지 권순찬의 행동이 죄책감에서 비롯된 것이라고 생각한다. 그러나 그 순간에도 권순찬은 "아닌데요…… 돈이 육백만 원밖에 없어서…… 두 달을 더 일해야 돼서…… 그렇게 된 건데요……"라며, '나'의 예상과는 다른 입장을 보여준다. '나'의 생각은 마지막까지 빗나가고 마는 것이다. 사실 그 순간에도 '나'는 권순찬의 "말을 제대로 듣지도 않"는 모습을 보여준다.

이러한 상황에서 '착한 사람들'의 호의가 적의, 즉 '애꿎은 사람에게 화를 내는 것'으로 바뀌는 것은 시간문제일 뿐이다. 사실 풍찬노숙하며 대자보판을 단지 가만히

here, since only the residents of the apartment complex believe their actions are for Kwon Sun-chan's own good. There was no place for Kwon to express his thoughts. In this case, the residents' actions can be boiled down to an expression of self-love disguised as an act of good will.

In fact, the abyss called "othering of the other" frequently raises its head in "Kwon Sun-chan and Nice People." Everyone, including the residents of the apartment complex and the narrator, is insensitive to this fact. At first, the narrator believes that "the man was sitting out there, not because of the money but because he felt guilty about his mother's death...that he couldn't help but do that, spending his time that way for a while." But later on, the reader finds out that Kwon had been neglected to the point of being abused as a child after his mother passed away, and his mother who committed suicide is actually his "stepmother." Even at the moment the drunk narrator grabs Kwon Sun-chan, the professor believes that Kwon Sun-chan's actions were triggered by guilt over his mother's death. Yet Kwon says, "No...I only had six thousand dollars...so I had to work two more months... That's what happened...,"taking a different stance than the narrator expected. The narrator is wrong even until

들고 있는 권순찬의 행동은 '나' 스스로도 고백했듯이, "안타깝지만 성가신 것" 정도라고 할 수 있다. 권순찬의 행동이 계속되자 '나'는 모종의 죄책감을 느껴, 유일한 낙이었던 호프집 출입마저 꺼린다. 혼자 술을 마시고 있노라면 "무슨 잘못을 저지르고 있는 듯한 기분"과 "비정한 사람이 된 것만 같은 찜찜함"이 들었던 것이다. 그러나 권순찬이 특별 모금한 칠백만 원을 거부한 후에는, "다시 무력감이 찾아오고 다시 화가 나는 기분"을 느끼며 "아무 거리낌없이" 호프집을 다시 나가게 된다. 관리소장의 말마따나 "권순찬씨가 우리에게 피해를 입히는 건 아무것도 없"는데도 말이다.

그러나 권순찬 역시 애꿎은 사람들에게 화를 낸다는 점에서는 아파트 단지 사람들과 다를바 없다. 사실 권순찬은 너무도 당당하게 밝히듯이 김석만을 만나는 것이 목적이다. 이 목적을 이루기 위해서는 말할 것도 없이 "직접 찾아가서 담판을 내야" 한다. 그러나 권순찬은 502호에 할머니만 살고 있다는 것을 알고 있으면서도, 그 대자보를 들고 거의 반년동안 아파트 단지를 떠나지 않는다. 아파트 단지의 '착한 사람들'이 철저히 자신의 입장에서만 '착한' 행동을 했다면, 권순찬 역시도 자신

the end, and, in fact, even at that moment, he doesn't "listen to what exactly [Kwon says]."

In these circumstances, it's only a matter of time before for the good intentions of the "nice people" turn into hostility—or "anger at an innocent person." As the narrator confesses, Kwon Sun-chan's action—sleeping on the streets at night and quietly sitting with posters by his knees—was nothing more than something he "felt sorry for, but was bothersome." As Kwon Sun-chan continues to remain by the street with the posters day after day, the narrator feels enough guilt that he avoids going to the pub, the only thing he seemed to enjoy, because when he sat drinking alone, the narrator felt as if he were "doing something wrong" and the "feeling of having become a heartless snob" plagued him. Yet after Kwon Sun-chan refuses the seven thousand dollars people had collected for him, the narrator feels "lethargy and anger overtake [him] once again" and starts going to the pub "without any qualms whatsoever," even though Kwon Sun-chan inflicts "no harm to [them]," as the apartment maintenance director says.

Kwon Sun-chan is the same as the apartment residents in that he also vents his anger at innocent people. He reveals his goal is to meet Kim Seok-

이 생각하는 방식으로만 자신의 진실을 강변해왔던 것이다. 실제로 '내'가 권순찬을 처음 발견했을 때, 그는 "남자들을 향해 대자보를 높이 쳐들지도 않았고, 아파트 쪽도 쳐다보지 않은 채, 그저 가만히 고개를 숙인 채 앉아만 있었"다. 이후에도 권순찬은 말이 없었고, "그저 고요하게 거기에 앉아 있을 뿐"이었던 것이다. 12월에 접어든 이후, 권순찬의 천막은 구청 공무원들에 의해 세 번이나 철거당한다. 그러나 그때마다 권순찬은 다시 돌아와 아파트 단지 앞에 자리를 잡는다. 이런 권순찬의 행동은 '나'의 "애꿎은 사람들 좀 괴롭히지 마요! 애꿎은 사람들 좀 괴롭히지 말라고!"라는 절규가 설득력 있게 들리도록 만든다. 착한 사람의 고집이 악한 사람의 변심보다 더욱 비윤리적으로 변모하는 현장을 권순찬은 시연해보이고 있는 것이다.

그렇다면 이기호의 「권순찬과 착한 사람들」은 '우리가 애꿎은 사람들에게 화를 내는 이유'에 대한 한 가지 분명한 해답을 제출하고 있다. 그 답은 타자에 대한 몰이해와 자기 진실에의 집착, 이로부터 비롯된 소통 불능의 상황이라고 정리할 수 있다. 이러한 해답은 이기호의 초기 소설의 주제의식과 맞닿아 있다. 이 때 문제설

man. To accomplish this goal, he has to "go find [Kim] and settle the matter." Yet he stays in the streets with the posters and does not leave the apartment complex for almost half a year, although he knows that only an old lady lives in 502. Just as the "nice people" of the apartment complex carried out what they believed to be "good" actions, Kwon Sun-chan has also been asserting his truth in the way he believed was right. When the narrator first sees Kwon Sun-chan on the streets, he is not holding the "posters up high for people to read. He didn't even look toward the apartment complex," but rather he is "sitting still, his head hanging low."

When December comes, Kwon's tent is torn down three times by the officials. But every time, he comes back to the same spot. His actions make the narrator's cry persuasive, as he yells "Stop harassing innocent people! Just stop harassing us!" Kwon Sun-chan demonstrates the transformation of a nice person's stubbornness into something that is more unethical than an evil person's change of heart.

Lee Ki-ho's "Kwon Sun-chan and Nice People" offers one clear answer to the question of why "we vent our anger at innocent people." It can be summarized as a situation marked by the impossibility

정의 충위는 다분히 추상적인 존재론의 차원으로 한없이 번져나갈 가능성이 농후하다. 이 때 우리에게 주어진 해결의 방법은 개인적이며 인식론적인 충위에 한정될 수밖에 없는 것이다. 여기서 한걸음 나아가는 것이야말로 이기호의 최근 소설이 보여주고 있는 놀라운 변화의 중핵에 해당한다. 우리가 애꿎은 사람들에게 화를 내는 진짜 이유는 권순찬이 'G시 노숙인 쉼터'라는 글자가 박힌 승합차에 태워져 어딘가로 끌려간 이후에야 밝혀진다.

지금까지 이 작품에는 '애꿎은 사람들'만이 등장했다. 권순찬이나 502호 할머니나, '나'나, 관리소장 등은 모두 호의만을 가지고 있었으며, 그들은 어떠한 비난 받을 행동도 하지 않았다. 그러나 결국에 '애꿎은 사람들'(착한 사람들과 권순찬)인 그들은 '애꿎은 사람들'(권순찬과 착한 사람들)을 향하여 화를 냈던 것이다. 그러나 '애꿎은 사람'만이 존재하는 세상에서는 당연히 '애꿎은 사람'이 존재할 수 없다. '애꿎은 사람'이 있기 위해서는 그렇지 않은 사람도 존재해야만 하는 것이다. 그럼에도 독자들은 작품의 마지막에 이를 때까지 너무도 당연한 이 사실을 망각하기 쉽다. 이것은 권순찬이나 '나'를 포함한

of communicating that results from a lack of un-
derstanding of the other and an obsession with
one's own sense of truth.

This answer is similar to the themes of Lee's ear-
lier fiction. In such a situation, in Lee's earlier fic-
tion, the layers of problems have a possibility of
endlessly developing into a more abstract and on-
tological level. The only solution we have in such a
situation cannot help being limited to a personal
and epistemological level. Taking a further step
from this point is at the core of a transformation in
Lee's latest fiction.

The true reason we vent our anger at innocent
people is revealed only after Kwon Sun-chan is
taken away in a van to a homeless shelter. Until
that moment, only the "innocent people" appear in
this story: Kwon Sun-chan, the old lady in 502, the
narrator, the apartment maintenance director, and
others are all people who have one good inten-
tions. They do nothing that brings reproach from
others. Yet these "innocent" people (nice people and
Kwon Sun-chan) only end up venting their anger at
"innocent people" (again: Kwon Sun-chan and nice peo-
ple). In order for "innocent people" to exist, people
who are not innocent also have to exist.

Yet it is easy for the reader to forget this obvious

'착한 사람들'도 마찬가지이다. 그들은 오직 선량하기 이를 데 없는 서로에게서만 문제의 원인과 해결책을 찾으려 할 뿐, 진짜 원인을 향해서는 관심을 기울이지 않았던 것이다. 권순찬과 그의 어머니로부터 두 번이나 칠백만 원을 받은 사채업자 김석만이 등장하는 작품의 마지막 순간에서야, 우리는 이 당연한 사실을 깨닫게 된다.

김석만이 등장하는 장면은 매우 적은 분량이지만 너무도 압도적이다. 이것은 작가 자신도 작품에 직접적으로 개입해서 다음과 같은 의미를 부여할 정도이다.

나는 원래 그의 이야기를 문장으로 쓸 마음은 갖고 있질 않았다. 아니, 처음엔 쓸 생각이었지만 중간에 그만, 쓰지 않기로 마음을 고쳐먹었다. 도무지 그에 대해서 쓸 자신이 없었기 때문이다. 하지만 나는 지금 여기에, 그의 이야기를 썼다. 그건 지지난주 금요일, 아파트 단지 주차장에서 내가 만난 한 사람 때문이었다. (중략) 그리고 지금 여기에, 그 이야기를 쓰기 시작했다. 우리는 왜 애꿎은 사람들에게 화를 내는지에 대해서.

fact until the end of the story. This is the same for Kwon Sun-chan and "nice people," including the narrator. They tried to find both the cause and the solution for their problems from each other—perfectly nice people—instead of focusing on the real cause of their problems. The reader realizes this obvious truth only at the end of the story, when Kim Seok-man, the loan shark who received seven thousand dollars both from Kwon Sun-chan and his mother, appears on the scene.

It is a short yet striking scene. Its significance can be noted by the fact that the author intervenes directly:

I wasn't going to write about him. Actually, I was going to at first, but decided against it because I just wasn't confident at all about writing about him. But now, here, I wrote about his story. That was because of one person I saw on Friday two weeks ago...And I began to write this story. A story about why we vent our anger at innocent people.

The "one person" is Kim Seok-man, the loan shark who lives on the fifth floor of Building 103. He is obviously different from the innocent people

위의 인용문에 등장하는 '한 사람'은 다름 아닌 103동의 5층에 사는 사채업자 김석만이다. 그의 등장부터가 애꿎은 사람들과는 분명히 구분된다. "낡은 트럭이나 택시, 오토바이 등이 세워져 있"는 아파트의 주차장에, 김석만은 "쿠페형 외제차"를 타고 등장하는 것이다. 김석만의 등장으로 '우리가 애꿎은 사람들에게 화를 내는 이유'는 분명하게 밝혀진다. 우리는 이 사회에 고통을 만들어 내는 진정한 악인(강자)은 제대로 인식조차 못하고 있는 것이다. 우리의 시야에는 고작 자신들처럼 약하고 선한 사람들만이 존재하고 있었던 것이다. 이런 상황에서 약하고 착한 사람들은 서로에게만 화를 냈던 것이며, 당연히 해결되지 않는 문제 앞에서 그들은 무력감을 느낄 수밖에 없다. 모든 문제의 진정한 근원인 악인(강자)은 모든 사건이 종결된 후에야 외제차를 타고 슬그머니 그 모습을 드러낼 뿐이다. 김석만으로 상징되는 우리 사회의 진정한 악에 대한 분명한 인식에서부터 권순찬과 '착한 사람들'이 겪는 무력증과 성냄은 극복될 수 있을 것이다.

from the moment he enters the story. In the apartment parking lot where "old trucks, taxis, and motorcycles were usually parked," Kim Seok-man appears in an "imported coupe." With his appearance, the "reason we vent our anger at innocent people" becomes clear. We are not aware of the true villain (the strong), who creates suffering in our society. In our view, only the weak and good people, like us, exist. As such, the weak and the good only vent their anger at each other, and feel helpless and lethargic in the face of problems that cannot be resolved among themselves. Then the true villain (the strong), who is the root of all evil, quietly appears, riding a luxury foreign car, when the damage done is over. When we develop an awareness of the true evil in our society, represented by Kim Seok-man, then Kwon Sun-chan and "nice people" might be able to overcome their powerlessness (lethargy) and anger.

비평의 목소리
Critical Acclaim

그의 소설을 읽고 있자면, 두 팔 걷어붙이고 땀 뻘뻘 흘리며 한 문장 한 문장 써나가는 '육체파 소설가' 눈에 선히 그려지는 것이다. "문학이 끝났다니, 그럴 리가. 우리는 아직 근대 이전인데, 당신들이나 탈근대로 가라지." 뭐 이런 말도 들려오는 것이다. 그렇지 않은가? 그는 곡괭이를 든 소설가다.

신형철, 「해설-정치적으로 올바른 아담의 두번째 아이러니」,
『갈팡질팡하다가 내 이럴 줄 알았지』, 문학동네, 2006

이기호의 서사적 문제의식과 언어와 이야기가 아니라면 이름과 말을 얻지 못할 우리 시대의 타자들에 대한 서사적 조망이 우리의 관심에 값한다. 시종 즐겁게 읽을 수 있으면서도 인간과 사회, 문학에 대해 많은 생각을 하게 한다.

우찬제, 「제1회 김승옥문학상 본상 심사평」,
『제1회 김승옥문학상 작품집』, 도서출판 강, 2013

When I read Lee Ki-ho's stories, I can vividly imagine a "physical writer" with his sleeves rolled up to his elbows, sweating like a pig while writing his sentences, one after another. And you can hear him say something like, "The end of literature? Who are they kidding? We're still in the pre-modern era, so go to the postmodern world if you want. I'm staying here." Wouldn't you agree? He is a writer with a pickax in his hand.

Shin Hyeong-cheol,
"Critique—The Politically Correct Adam's Second Irony,"
I Knew If I Stayed Around Long Enough, Something Like This Would Happen (Munhakdongne, 2006)

Lee Ki-ho's fiction provides a narrative view of the others in our time, who would not have names or words if not for his narrative-critical approach, his language, and stories. While being enjoyable, his fiction also allows the readers to ponder upon humans, our society and literature.

Wu Chan-je,
"The 1st Kim Seung-ok Literary Award Commentary,"
The 1st Kim Seung-ok Literary Award Collection
(Gang Publishing, 2013)

K-픽션 012
권순찬과 착한 사람들

2015년 8월 3일 초판 1쇄 발행
2022년 3월 14일 초판 2쇄 발행

지은이 이기호 | **옮긴이** 스텔라 김 | **펴낸이** 김재범
기획위원 정은경, 전성태, 이경재
펴낸곳 (주)아시아 | **출판등록** 2006년 1월 27일 제406-2006-000004호
주소 경기도 파주시 회동길 445
전화 031.955.7958 | **팩스** 031.955.7956 | **전자우편** bookasia@hanmail.net
ISBN 979-11-5662-123-2(set) | 979-11-5662-127-0(04810)
값은 뒤표지에 있습니다.

K-Fiction 012
Kwon Sun-chan and Nice People

Written by Lee Ki-ho | **Translated by** Stella Kim
Published by ASIA Publishers | 161-1, Seodal-ro, Dongjak-gu, Seoul, Korea
E-mail bookasia@hanmail.net
First published in Korea by ASIA Publishers 2015
ISBN 979-11-5662-123-2(set) | 979-11-5662-127-0(04810)

바이링궐 에디션 한국 대표 소설 set 3